「這雖然是遊戲，
但可不是鬧著玩的。」

——「SAO刀劍神域」設計者·茅場晶彥——

SWORD ART ONLINE
moon cradle

reki kawahara

abec

bee-pee

019

白色圓柱不斷連綿的迴廊上，迴響著兩道腳步聲。

跑在前面的是裝備著灰色輕裝鎧甲與細長長劍，略長的深褐色長髮在空中飛揚的少女。她身後則有一隻全身被軟綿綿的淡黃色胎毛包裹著的幼龍，一邊晃動長尾巴一邊追了上去。尚未長出角來的龍頭，位於比少女稍高一些的位置。

少女的名字是羅妮耶・阿拉貝魯。幼龍的名字則叫作月驅。

這是幅宛如童話，美麗到令人發出微笑的光景。很難想像得到，當中的少女和幼龍之後會成長為地底世界最大戰力的「整合騎士」。

但是實際上，即使是現在這個時間點，劍與術式的能力超越羅妮耶的人在全世界也已經不超過一百個。那場恐怖的「異界戰爭」，以及之後的「四帝國之大亂」，少女總是待在最前線戰鬥，因此成為史上第一名因為實戰的功勳被敘任為整合騎士見習生的人物。

只不過——

少女今後將更加精進，最後終於開花結果的劍技，恐怕再也沒有在戰場上發揮的機會了。

這是因為，地底世界在經歷長達三百年的戰亂後終於獲得了完全的和平。

人界人、暗黑界人、哥布林、半獸人、食人鬼、巨人族等六種族締結了永久的和平條約。

壓榨一般人民的四皇帝家與上級爵士的特權也全取消了。商人的貨物馬車往來於依然崩壞的東大門，央都聖托利亞到處都可以看見來自暗黑界的觀光客。過去分隔兩個世界的恐懼與毫不關心，這時已經像陽光底下的殘雪一般融化得無影無蹤。

晃動腰間應該再也不會沾染敵人鮮血的劍，少女和幼龍就這樣跑過在圓柱遮擋下形成條紋狀的和煦陽光。

兩道奔跑的腳步聲逐漸遠去，最後完全消失。

不知道從何處出現的蝴蝶，像要享受再次降臨的寂靜般在迴廊上飛舞著。

1

「羅妮耶，這邊這邊！」

墊起腳尖往聲音來源看去，就看見人牆後面有火焰般的紅髮正在不停跳躍。

於是羅妮耶便一邊說著「抱歉抱歉」，一邊從擁擠的中央聖堂術師與職員們之中走過。有幾個人似乎感到很礙事般轉過頭來，結果一看見跟在羅妮耶身後的月驅，就以驚訝的表情讓出路來。

好不容易來到人群最前方，羅妮耶才鬆了一口氣。

「真是的，太慢了！要開始了喲！」

羅妮耶最後又向鼓起臉頰的紅髮好友道歉。

「對不起，因為在猶豫該穿什麼衣服……」

「說是猶豫……結果還不是穿了跟平常一樣的衣服。」

露出傻眼表情的少女名為緹潔·休特里涅。和羅妮耶一樣是整合騎士見習生。這時她與頭髮相似的楓紅色眼睛熠熠生輝，纖細的身體上則包裹著可愛圖案的上衣與藍色裙子。腰上雖然掛著紅皮劍鞘，但是連它看起來都像是搭配服裝的裝飾品。

果然還是應該披上上週所買的南帝國製披肩，羅妮耶懊悔地這麼想著並移動視線，就看見緹潔養育的幼龍霜咲正在她身後和月驅摩擦鼻梁，同時更後方還有一名青年臉上露出平穩的笑容。

雖然外表不像青年比較像是少年，但皮帶上掛著存在感強烈的長劍，以及中央彎曲的兩把飛刀。長劍的優先度看起來固然相當優秀，但飛刀則根本是超乎想像。這看起來像紙一樣薄的武器，是世界上屈指可數的「神器」級武器。

羅妮耶水平舉起右拳將其貼在胸前，左手則放在劍柄上，以正式的騎士禮向青年打招呼。

「早安，連利大人。」

結果兩隻飛龍後方的整合騎士連利·辛賽西斯·推尼賽門就露出苦笑同時回答：

「早安啊，羅妮耶小姐……難得今天是祭典，不用這麼拘謹喔。」

「……算是祭典嗎？」

羅妮耶忍不住歪起脖子。今天——人界曆三八二年二月十七日，在曆法上只是平日。不論是幾年前發布的「人界基本法」還是正在進行修改作業的「禁忌目錄」，都沒有慶祝本日的任何記述。

但環視周圍之後，就發現廣大的中央聖堂正面廣場因為擠滿了觀眾而顯得熱鬧非凡，就像是所有的職員都擠到這裡了一樣。大家一隻手上都拿著飲料或者輕食，同時發出吵雜的聲音。

而且平時緊閉的中央聖堂正門，今天似乎也為了央都的市民而開放。臨時設置在正門內側左右兩邊的站立席，也已經擠了一看就知道超過一千名以上的觀眾。

「……嗯，這的確就跟祭典一樣了。也沒辦法呢，學長……代表劍士大人想做什麼的時候，都會造成這種情形。」

緹潔以有些傻眼的表情這麼說完，羅妮耶便點頭同意她的發言。

「是啊……希望今天別弄壞聖堂了……」

三人一起將視線移過去的前方——

有一個很難形容的龐大物體放置在該處。

純白石板地面的正面廣場中央，可以看見以黃色細繩隔出了一個一邊一百梅爾左右的正方形空間，而在這個空間正中央發出咻咻怪聲的物體，以簡潔的表現來形容就是「金屬製的龍型雕像」。

但從透明玻璃所製成的尖形頭部上方，就能知道它並非一般擺飾。特別平坦的胴體，左右兩邊附加了短翼，從大大膨脹的臀部延伸出來的不是雙腳，而是兩根圓筒。至於尾巴則根本不存在。

全長應該有五梅爾的物體，可以看見筒子往正下方直立，而且還有細微橙色火焰從臀部噴出，老實說還真不知道那究竟是什麼東西。

……唯一可以確定的是，有種非常不祥的預感。

在內心如此呢喃的羅妮耶，把視線從金屬製飛龍身上移開，改為凝視站在其附近的三道人影。

結果其中一人——栗色長髮隨著微風飛揚，珍珠色裙子的左腰上掛著細劍的年輕女性劍士，像是感覺到羅妮耶的視線般回過頭來。她立刻露出微笑，舉起右手來用力朝羅妮耶招手。

「嘿，快過去吧。」

由於緹潔咧嘴笑著戳羅妮耶的背部，她在猶豫了一會兒之後，便下定決心來跨過眼前的黃色繩子。這時月驅當然也從後面跟了上去。

意識到觀眾的視線集中在自己身上的羅妮耶，在把脖子縮到極限的情況下小跑步橫越廣場。一在女性劍士面前站定，就伸直了指尖再次行了騎士禮。

「早安，副代表大人。」

「早安，羅妮耶小姐。今天就像是祭典一樣，可以放輕鬆一點沒關係喔。」

讓人著迷的美麗臉龐上綻放出輕柔微笑這麼說道，羅妮耶聽見後便放鬆肩膀的力道回答：

「……好的，亞絲娜大人。」

「不是一直告訴妳，不用加『大人』兩個字嗎？」

對方雖然噘起嘴唇，但這一點自己實在辦不到。

對於全民來說，站在眼前的這名外表看起來比羅妮耶年長一些的女性——人界統一會議副代表劍士亞絲娜，在某方面來說算是比代表劍士本人更受到尊敬的存在。因為人界的所有居民都相信，她就是創世神話的三女神之一，「創世神史提西亞」的轉世。

她雖然頑固地拒絕承認自己是神明，但羅妮耶在之前的異界戰爭裡，親眼在至近距離目擊了亞絲娜一揮劍就讓大地出現巨大裂痕的場景。看見那一幕之後，就無法考慮省略「大人」兩個字了。

雖說在騎士團規則裡記載上「不准稱呼大人」的話就只能遵守，但在那之前自己絕不妥協，羅妮耶帶著這樣的意志用力左右搖了搖頭後，亞絲娜也只能苦笑著轉換話題。

「話說回來，羅妮耶小姐。妳最擅長的神聖術是熱素系對吧？」

「是……是的。」

即使感到困惑還是點了點頭，而亞絲娜則是立刻把臉靠過去小聲地說：

「那有件事情想要拜託妳。希望妳與裝在那裡面的熱素交感，如果快要失控的話就趕快告訴我。」

「咦……咦……？裡面裝了熱素？」

羅妮耶無法立刻理解對方的意思，只能邊眨眼邊動著臉龐。

她抬頭看著高高直立的金屬製飛龍後，接著又望向站在旁邊似乎在爭吵的兩名男性。

「……聽好了，桐仔。就算計算上熱素密封罐的天命可以承受產生的熱度，那也是要在凍素能充分供應的情況下！你這傢伙不擅長凍素術，只要有一瞬間來不及生成素因，密封罐馬上就會爆炸喔！」

一名留著漂亮鬍鬚，外表看起來五十多歲的男性嚷著意義不明但聽起來相當危險的台詞。這名羅妮耶也相當熟悉的人物名字叫作薩多雷，他是央都聖托利亞技術數一數二的金屬工藝師。長年在老街經營商店的他，在發生「四帝國之大亂」時協助騎士團，之後更因此而就任中央聖堂的工廠長。

遭到薩多雷工匠嚴厲批評後，像個小孩子一樣鼓起臉頰的是——

擁有黑髮黑眼，外表看起來極為普通的一名青年。

身上穿著長袖上衣與褲子連在一起的奇妙灰色服裝。腰間看不見武器之類的東西。戴著茶色皮手套的雙手在腦袋後方交叉，以有些不耐煩的表情對老人這麼回話：

「是是是，關於這件事，我已經聽到耳朵快冒出暴躁蟲了。話說老師，可不可以不要再叫我『桐仔』了？」

「哼，免談。從三年前你拿著硬到不像話的樹枝來到我工作室，我為了把它磨成劍而磨損六塊黑煉岩磨刀石起，我就決定永遠要叫你桐仔了。」

「……嘖，就說沒有那口劍的話，這個世界現在可就慘了……」

嘴裡不停抱怨的青年，突然轉過身來看向羅妮耶。

一看見從初次相遇開始似乎就沒有改變，殘留著某種淘氣男孩氣息的臉上浮現大大笑容的瞬間，羅妮耶內心深處就整個揪緊。

她拚命不讓心情表露出來並低下頭說：

「早安，桐人學長。」

其實這時候也想加上「大人」兩個字，但是這名對象真的在正式文件上提出了「大人禁止令」。所以在沒辦法的情況下，現在也還是像兩人仍是學生時一樣，稱呼對方為「學長」。

過去是北聖托利亞帝立修劍學院的上級修劍士，目前就任人界統一會議代表劍士的青年桐人，笑著舉起右手來回答：

「嗨，羅妮耶！你好啊，月驅！」

羅妮耶身後的幼龍發出咕嚕嚕的巨大鳴叫聲，同時拍動小小羽翼飛撲到桐人身上，然後毫無顧忌地舔著他的臉頰。看見這種模樣的羅妮耶忍不住露出微笑，然後也對旁邊的薩多雷工廠長打招呼。

「早安，老師。」

「喔喔，妳早啊，羅妮耶小妹。」

羅妮耶迅速靠近臉上瞬間轉變為柔和笑容的老人，然後小聲問道：

「那……那個……剛才您說的熱素密封罐是什麼東西呢？」

「就是字面上所表示的東西。來，妳看看那邊『機龍』試驗一號機的屁股。」

「機……龍？」

羅妮耶立刻理解，這不曾聽過的名詞正是聳立在眼前這隻金屬製飛龍的稱呼。

雖然將沒有生命的人工物稱為龍多少有種不太對勁的感覺，但再次眺望之後，就發現臀部膨脹成橢圓形的部分似乎正發出「咻咻」的奇妙聲音。

「那裡面裝了兩個由西方產的亞達曼德鋼所製造的容器，然後每個容器裡都封入了十個左右的熱素。」

「咦……咦咦？」

一聽到對方這麼說，羅妮耶便嚇得整個人往後仰。

在神聖術源頭的八種屬性素因當中，熱素是最神經質的存在。和能在空中保持一陣子的凍素與風素不同，生成後放著不管的話瞬間就會發出光與熱然後消失不見。喚出熱素的話，在加工或者解放之前絕對不能鬆懈精神，這是想成為術師的孩子一開始時都會學到的最基本知識。

「怎……怎麼可能……就算是耐熱性相當高的亞達曼德鋼，在觸碰到多達十個熱素的情況下放著不管的話，不久後總是會熔化並且爆炸吧……？」

「這就是得下工夫的地方了。由於幽魯頓大蜈蚣的耐凍結性相當高，我便用牠的殼製造管線並且設置在容器外側。這管線和凍素密封罐相連，能從該處供給冷氣來防止熱素罐融解，這就是大致上的構造了。」

「…………呃，哦…………」

雖然聽見下了工夫，但對於羅妮耶來說，熱素與凍素是神之祕蹟，也就是神聖術的源頭，可以說是與鍛造金屬、加工甲殼等工藝技術最無緣的存在。她從未思考過把這兩者組合起來會出現什麼樣的結果。

「……這……這樣真的能成功嗎……」

茫然如此呢喃完，薩多雷老師就輕輕攤開強壯的雙臂。

「這個嘛，我也不知道。」

「咦咦？」

「搭乘的不是我而是桐仔啊。」

「咦咦咦～～！」

搭乘——這到底是什麼意思呢？

畏畏縮縮地移動臉龐，往上朝著坐鎮於該處的「機龍」前端看去。

結果發現由透明玻璃所組合而成的尖形頭部裡，設置了怎麼看都是椅子的東西。椅子周圍爬著扭曲的金屬管，還附著了幾個小小的圓盤。圓盤中央加裝了細長的針，長針與奇妙的聲音同步且細微地震動著。

「…………不……不會是……有人要坐在那裡，然後……解放熱素……從臀部的筒子噴出火焰…………」

「沒錯，就是要像飛龍那樣飛行。」

這麼回答的是曾幾何時已經站在旁邊的桐人。

而他身邊的月驅正嗅著「機龍」的金屬翼的氣味，然後像是不太喜歡般用鼻子哼了一聲。

「太……太……太魯莽了啦，學長！」

羅妮耶拉著桐人身上奇妙服裝的袖子並拚命大叫。

「如……如果多達二十個的熱素失控的話，這東西會整個爆炸喔！改……改用風素吧，就像中央聖堂的升降盤那樣。」

「呃～那是因為升降洞密閉著，才能利用風素的壓力上下移動。想在空無一物的天空中飛行，就只能靠熱素的爆發力……」

桐人這時咧嘴一笑，並環視周圍。

「而且，已經聚集了這麼多觀眾。現在才說要中止的話，會引發第二次央都大亂喲。」

「不……不就是學長把他們找來的嗎！」

今天中央聖堂正面廣場之所以會聚集這麼多人，完全是因為桐人本人廣為宣傳「聖堂工廠將舉行公開實驗」的緣故。

在和平降臨的地底世界裡，現在已經是最大騷動源頭的人界代表劍士閣下如果又要搞出什麼花樣來的話，上次已經大大享受過「北方洞窟之守護龍再生實驗」的職員與市民當然會爭先恐後地跑來看熱鬧。

那個時候，桐人與復生的白龍之間進行的問答再有一絲錯誤的話，就不只是聖堂的盆栽結凍就能了事了。知道這一點的羅妮耶，身體不由得晃了一下。

從背後支撐住她的，是站在後面的副代表劍士。似乎和桐人有著長年深厚交情的亞絲娜，這時候以像是達觀又像是放棄掙扎的表情說：

「羅妮耶小姐，來不及了。事到如今也只能讓他做了。」

「怎……怎麼這樣…………不對…………也只能如此了…………」

改變想法的她，把本來想左右搖動的頭換成上下移動。在這幾年裡，羅妮耶也切身體認到桐人要是有了什麼點子，「就只能讓他放手去做」的道理。

羅妮耶心想至少要盡全力避免最慘的情況發生，於是便把精神集中在那個叫什麼「機龍」的心臟部位。

雖說被敘任為整合騎士見習生，但羅妮耶仍未到達能自由操縱騎士奧義「心念」的領域。

即使沒辦法像桐人或者上位騎士那樣，藉由心念將術式縮短到極限來行使神聖術，最近也能夠感受到生成的素因處於什麼樣的狀態當中了。

正如薩多雷工匠所說的，機龍內部密封著許多熱素。但熱素們絕對不可能乖乖待在裡面。它們不高興地抖動身體，只要一找到機會就準備把周圍的殼轟飛。

在素因的階段就已經如此暴躁，一旦解放的話會出現什麼情形……想到這裡就背脊發涼，但事到如今也只能默默地注視事情的發展了。

「……那個，我已經先和熱素交感了，亞絲娜大人。目前似乎仍在正常的控制範圍……」

輕聲這麼宣告完，身邊的亞絲娜也壓低著聲音回答：

「謝謝，那就直接保持著迴路吧。」

「好……好的。」

當羅妮耶準備點頭時，桐人就在遠處大聲說道：

「好，那就開始吧！亞絲娜，請妳幫忙倒數！」

「為……為什麼是我！」

「以前要衝進魔王的房間時，不都是妳負責倒數的嗎！」

桐人意義不明的台詞讓亞絲娜無奈地搖搖頭，然後舉起右手來詠唱神聖術的起句。

「System call！」

接著便順暢地組成由風素與晶素所構成的「廣域擴音術」。她在心念方面也還在發展途中，但在術式的掌握與應用上已經連聖堂的眾高位術師都望塵莫及了。

漏斗狀捲動的空氣中央出現了玻璃薄膜，亞絲娜則朝著該處發出通透的聲音。

「各位觀眾，讓大家久等了！現在準備進行中央聖堂工廠的『機龍．試驗一號機』飛翔實驗！」

擴大的聲音響徹整座廣場，站在細繩後方的聖堂職員們，以及擠滿正門內側觀眾席的央都市民們全都一起發出歡呼聲。這時如果抬頭看向聳立在北方的中央聖堂，就能看見整合騎士們的鎧甲在地上三十樓左右的大型露臺上閃閃發亮。

在拍手與歡呼聲當中，桐人朝著觀眾揮了揮手，然後開始爬上架在機龍上的梯子。他一轉眼就到達頭部，打開一部分透明玻璃之後便滑進內側。

坐到朝向天空的椅子上，以皮帶固定住身體。戴上掛在脖子上那特別巨大的眼鏡，對地面上的薩多雷老師豎起左手的大拇指。

薩多雷老人退到羅妮耶與亞絲娜站的地方後，又用身體動作指示她們繼續後退了二十梅爾以上。羅妮耶小心翼翼地保持與熱素的交感狀態，同時慎重地拉開距離。

「那麼，開始讀秒！各位，請跟我一起倒數！」

亞絲娜以相當熟練的態度對觀眾這麼呼籲。接著高高舉起雙手，伸直十隻手指。

「開始嘍，十！九！八！」

大約有一千人左右的聲音唱和著亞絲娜邊彎下手指邊大叫的數字。稍微瞄了一眼，就看到緹潔與連利也笑著一起倒數。

羅妮耶這時也抱緊月驅的脖子，與眾人一起大喊：

「七！六！五！」

熱素們的震動突然開始增強，桐人開始用心念直接控制它們了。

桐人強大至極的心念力，在以素因作為媒介的情況下流入進行交感的羅妮耶體內。

她的內心深處也再次被揪緊。

——只有這份心意絕對不能表露出去。

——必須讓它靜靜沉睡在心裡，直到將來有一天以桐人學長的隨侍練士的身分用盡天命為止。

在不讓站在身邊的亞絲娜察覺到的情況下，羅妮耶用力眨了眨濕潤度略為上昇的雙眼，同時拚命發出聲音。

「四！三！二！」

「咻————嗡」，機龍的低吼聲逐漸增強。發出一縷銀光的巨軀產生強烈震動，從底部筒子露出的光芒由紅變橙，然後再變成黃色。

「一！……零！」

唱和聲晃動廣場地面的同時，也能稍微聽見桐人的叫聲。

「Discharge！」

這是解放素因的式句。

下一刻，二十個熱素蘊藏著的力量就一起炸裂。

機龍下部隨著盛大的衝擊聲噴出白色閃亮的火焰。火焰將幾乎擁有無限天命的大理石地板燒成鮮紅色，同時捲起一大片白煙。觀眾們產生劇烈的騷動。

從白煙當中——

金屬飛龍化作銀箭一直線飛了出去。

羅妮耶至今為止從未聽過的尖銳聲響傳遍整片天空。機龍拖著從兩管筒子發射出來的長大火焰，高高地飛向天際。

羅妮耶舉起的雙手手掌深刻地感受到解放的熱素有多麼強大。本來不論是什麼素材的容器，天命都會因為超高熱而一瞬間全損，整隻機龍也會因此而大爆炸。但是埋在密封罐裡的細管不斷送進超低溫的凍素來抑制容器的熱度。結果熱素的爆炸力就只從噴射筒的一個方向射出，讓巨大機龍筆直地飛行。

現在地底世界的歷史上，第一次有人類乘坐飛龍之外的物體飛翔於天空當中。

「…………好厲害……」

羅妮耶的雙眼因為跟剛才不同的理由而滲出眼淚。

有些模糊的視線前方，銀色機龍已經上升到快要超越中央聖堂的高度。

如果機龍只停留在地上的一個地方，周圍的空間神聖力就會因為不停生成的凍素而瞬間枯竭吧，但以高速來移動的話，神聖力的供給應該能在些微之差的情況下趕上才對。這麼一來，那隻人造的龍——或許就能上升到飛龍無法抵達的高度。

想到這裡的瞬間，羅妮耶就注意到人界代表劍士的真正企圖。

桐人的目的不只是讓那個物體飛行——說不定是想藉由那隻機龍，越過不論任何生物都無法通過的「世界盡頭之壁」……

但是，當她思考到這裡的瞬間。

羅妮耶就感覺到眾熱素開始膨脹的氣息。

密封罐開始扭曲，並且因為高熱而融化。雖然不清楚理由，但應該要降低密封罐溫度的凍素來不及供給了。

「亞……亞絲娜大人！熱素——」

當她說到這裡時，傳出了「砰啵」的刺耳聲，接著可以看見從其中一管噴射筒冒出黑煙。

緊接著，機龍便開始不停地垂直旋轉。前進路線也偏往南方。而路線的前方就是——

中央聖堂九十五樓附近的牆壁。

「要……要撞上去了！」

羅妮耶雙手緊握在胸前大叫，觀眾們也發出巨大的悲鳴。

亞絲娜「鏘！」一聲拔出腰間的細劍。

舉世罕見的美麗劍身發出索魯斯的七彩光芒，接著亞絲娜便將它筆直指向聖堂。

「……嘿咻！」

亞絲娜發出有些不符合神明身分的喊叫聲，同時將細劍劍尖往左邊移動。

巨大的中央聖堂就像是被劍尖拖動一樣，第九十五層以上的部分發出沉重的聲音並且往西側移動。

冒著黑煙的機龍通過這一瞬間出現的空間。

遙遠的南方天空中綻放炫目光芒。

接著「磅」一聲劇烈地爆炸。

雖然隨著機龍的上升消費了一些，但多達二十個的熱素同時解放後的威力還是非同小可。

通常，一根手指只能控制一個素因，不論再怎麼高位的術者最多就只能同時生成十個素因。據聞過去執掌公理教會的元老長甚至用上了腳趾來產生二十個素因，而過世的最高司祭亞多米尼史特蕾達似乎連頭髮都能拿來當成終端，所以能操縱將近一百個素因，不過羅妮耶當然沒有親眼看過那種場面。

就連身為騎士的羅妮耶都這樣了，擠在中央聖堂的市民們有多麼驚訝就不用說了。當足以撼動天地的巨響跟在可以稱為第二個索魯斯的橘色閃光之後傳到地面上時，幾乎所有觀眾都用雙手覆蓋住頭部並發出悲鳴。

不過怎麼說都只是無加工的熱素在上空爆炸而已，雖然引起相當誇張的現象，但所有的損害終究無法波及距離數百公尺的地面。

畏畏縮縮抬起頭來的觀眾，視線前方可以看見一整片濃密的黑煙，掩蓋住再次回到原位的中央聖堂最上部。

兩個月前這個廣場同樣發射過慶祝新年用的煙火，而剛才規模比煙火大出數倍的爆炸，會對乘坐在鋼鐵飛龍上的代表劍士造成什麼樣的傷害呢——所有人一定都浮現這樣的想法。當然羅妮耶也不例外，只見她依然在胸前緊握雙手並瞪大了雙眼。

「桐……」

桐人學長！

當羅妮耶想放聲這麼大叫的前一刻，身邊的亞絲娜就輕拍她的肩膀表示：

「不用擔心。」

傳出這道毫無動搖的沉穩聲音時，也有一道小小的影子迅速從黑煙底下冒出來。

那是一個人。形成機龍軀體的所有物質都蒸發掉，變成空間神聖力後往外擴散，但一邊旋轉一邊往下掉落的人物，身上的灰色服裝卻連一處都沒有燒焦。

人影突然攤開雙臂。

袖子部分的布料就像融化了一樣往後方流去，變成單薄的翅膀狀後從肩膀往外延伸。類似飛龍的翅膀拍動了兩三下之後，掉落的速度就開始減緩，最後完全靜止。

應該隨著最高司祭死亡而失傳的飛行術。不對，正確來說那不是術式。而是藉由心念來把衣服的布料變成真正的翅膀，改寫「世界常理」讓自己成為能夠在空中飛行的生物。

目前除了他之外就沒有其他人類能辦到這件事。抬頭往上看的觀眾全都產生騷動，不久後騷動又變成巨大的歡呼聲與拍手聲。

當初的目的「機龍飛行實驗」雖然有一半以上失敗了，但桐人還是帶著笑容緩緩降落下來。羅妮耶這時也一邊抬頭往上看一邊拚命拍動雙手。不論經過多久，桐人直接實行破天荒的點子，然後引起驚人結果的行為都完全沒有改變。

羅妮耶注意到自己臉上明明露出笑容，卻再次從雙眼滲出了液體。

用力眨眼甩落液體之後，就在內心深處暗暗祈禱。

可以的話，希望這樣的日子能永遠持續下去。

2

中央聖堂五十樓，被稱為「靈光大迴廊」的大廳，現在成了「人界統一會議」的會議場。過去只鋪設了滿滿光亮大理石的地板中央，放置了一張由古老白金橡樹切割而成的巨大圓桌，周圍放了二十張椅子。

坐在其中一張椅子上縮起脖子的正是桐人。站在他面前的高大男性，這時發出打雷般的巨大聲響。

「今天我一定要把話說個清楚，代表劍士閣下！」

「……………是。」

「你不會已經忘記曾經對你的劍發誓『這次絕對不會弄壞任何東西』了吧！」

「……………………是的。」

宛如教師一樣斥責著人界最強劍士的，是一名身穿厚重紅銅色鎧甲的騎士。有著一張剛毅臉龐的他，留著一頭短髮，銳利的雙眼則是火焰的顏色。他的名字叫迪索爾巴德·辛賽西斯·賽門，是最古老的整合騎士之一。

「如果不是亞絲娜大人展現了神力，現在聖堂的九十五樓以上早就燒成焦黑了！就算是無人的樓層，具備歷史與傳統的『白色巨塔』要是變成『黑炭巨塔』的話，央都的人民不知道會多麼傷心！說起來，代表劍士閣下對於自己的立場究竟肩負多巨大的責任實在太沒有自覺了！術式與道具的開發，只要交給以它們為天職的術師以及鐵匠就可以了！」

稍遠處坐在桌子上的纖細騎士打斷迪索爾巴德似乎永遠不會停止的說教。

「差不多該結束了，迪索爾巴德。代表劍士閣下已經萎縮到像是陽光底下的水栗蟲一樣了。」

這道帶著笑意的嬌豔聲音，是來自一名身穿鏡子般光亮鎧甲，背上披著波浪狀黑髮的女性騎士。她的左腰上掛著一把白銀劍柄的細長長劍，右臂則抱著一名人界罕見的藍髮幼兒。

「是，不過騎士長……」

「罵得太過火的話，代表閣下再次離家出走我們也會很困擾。畢竟下個月就要舉行與暗黑界的聯合會議了。」

被稱為騎士長的女性是法那提歐．辛賽西斯．滋，這時她宛如盛開花朵般的華奢美貌綻放出笑容。從她緩緩搖動沉睡幼兒的模樣，實在看不出是身居第二任整合騎士團長的要職，同時擁有世界最高等級劍術的人物。

移動到沮喪地垂著頭的桐人面前，法那提歐便嫣然一笑並且表示：

「所以呢，這段期間要乖一點喔，小朋友。」

結果輕輕抬起臉來的桐人，臉上則浮現大大的苦笑。

「跟『代表閣下』比起來，被用『小朋友』稱呼恐怖多了。」

「呵呵，會害怕不是因為心裡有鬼的緣故？」

法那提歐送出秋波的前方，站著雙手環抱在胸前的副代表劍士亞絲娜。她臉上雖然也掛著笑容，但感覺眼角似乎微微地抽動著。

接著法那提歐又把視線移向站在圓桌遠方一根柱子旁邊的羅妮耶身上，然後浮現不知道是什麼意思的惡作劇笑容。但立刻又把臉轉回來，拍了拍桐人的肩膀。

「嗯，這次沒有造成實際的損害，就不再繼續責備你了。不過呢，在晚飯之前都要好好地完成自己的工作喔。」

「…………遵命。」

桐人像是放棄掙扎般點點頭後，法那提歐便抓住他的肩膀，把他連同椅子一起轉向圓桌，接著再次看向羅妮耶並招了招手。少女快步走過去後，法那提歐便把抱著的幼兒遞給她。

「抱歉，羅妮耶。可以麻煩妳幫忙照顧一下貝爾切嗎？最近要是讓他自己一個人玩的話，都會弄壞很多東西。」

「好……好的，我很樂意！」

聽見回答後，騎士長就把熟睡的幼兒放到羅妮耶伸出的雙臂上。下一刻，少女便對手臂上承受的的重量感到驚訝。身為整合騎士見習生的羅妮耶，如果是人界軍的制式武器，就算單手揮舞長達兩梅爾的大劍也不成問題，但小孩子又給人與武器完全不同的重量感。

以雙臂確實地把幼兒抱緊在胸前時，一歲的貝爾切小朋友就發出模糊的呢喃聲，不過立刻就又陷入安穩的睡眠當中。羅妮耶向法那提歐行了個禮後就退回牆邊。在那裡等待著的月驅，隨即伸長鼻子興致勃勃地嗅著貝爾切的味道。

圓桌前面，桐人、亞絲娜、法那提歐、迪索爾巴德、過去被稱為修道士的神聖術師團團長，以及聖堂各局處的首長們都各自空著適當的間隔坐了下來，然後馬上開始會議。

「首先是前幾天報告過的，盡頭山脈南側洞窟的再開通事宜……」

「就算可以重新挖通洞窟，要在南方密林地帶建設城市也得花上許多時間……」

由於今天不是正式的評議會，所以見習生羅妮耶並沒有到場的義務。實際上，她的搭檔緹潔就因為要研究不擅長的術式而窩在大圖書室裡。

但是，羅妮耶有事情想偷偷詢問桐人。看見上午的飛行實驗時，忽然浮現的想像究竟是真是假實在很令人在意。由於只要視線稍微離開桐人，他就可能跑到聖堂的某處——甚至是聖托利亞的商店街，誇張一點時還可能飛到人界的某個城鎮或村莊去，所以羅妮耶打算這場會議一結束就迅速抓住他。

進行心念的修行時，曾經單腳立於細長鐵柱頂端好幾個小時，所以背靠在柱子上等待會議結束根本算不了什麼。幼龍月驅在性格上也比緹潔的霜咲乖巧，因此應該不會等膩了就開始咬起柱子來才對。

持續站立在該處側耳傾聽熱絡的議論時，懷中的幼兒突然打了個很可愛的噴嚏。雖然不至於醒過來，但覺得他可能會冷的羅妮耶隨即橫向移動了幾步，讓他直接照射從高處窗戶射進來的索魯斯光芒。看起來很柔軟的藍色頭髮立刻閃閃發亮，日光同時也落在幼兒圓滾滾的臉頰上，那種無垢的美感讓羅妮耶一瞬間屏住了呼吸。

………嬰兒嗎……

露出微笑的同時也在心中這麼呢喃。

這個時候，意識也徘徊在上個月回到央都北部的老家時，很難說是愉快的回憶當中。

阿拉貝魯家是代代都繼承舊貴族制度中最下級，也就是六等爵士的門第。生活絕對算不上富裕。不像上級貴族那樣擁有私人領地，收入就只有父親擔任帝國衛士隊小隊長的薪水，以及微薄的爵士津貼。每個月不用工作就能收入龐大稅收的一等、二等爵士家就不用說了，甚至遠遠不及在聖托利亞中心部開設大店面的商家。

即使如此，在開朗且家事萬能的母親、嚴格但溫柔的父親以及淘氣的弟弟包圍下，還是過著快樂的日子。

唯一讓人感到憂鬱的是，父親老家的四等爵士家偶爾會舉行的派對。父親排行老四，祖父在羅妮耶還是嬰兒時就回歸天界了，而繼承家業的長男——也就是羅妮耶的伯父一家全是勢利眼的貴族，所以很討人厭。穿著華麗的伯母以刻意的表情稱讚羅妮耶母親身上老舊的禮服時，實在令人討厭到了極點，所以她經常會鬧彆扭表示不想去參加派對。

但是經過四大帝國的大亂以及其鎮壓行動之後，貴族制度有了很大的改革。私人領地全部獲得解放，貴族的等級也遭到廢止。爵士津貼雖然在一定期限內還殘留著，但這根本是杯水車薪，因此所有貴族都得在重新編成的「人界軍」裡任職才行。

對於歷史悠久的大爵士家族而言，這是等同於天崩地裂的變異，但羅妮耶卻認為這樣才終於回歸到應該有的模樣。因為只靠家世就能獲得將軍、參謀等職位的時代已經結束，只有具備劍術、智力以及經驗與見識者才能夠擔任要職。

也就是說，現在所有爵家的地位都是處於平等狀態。

不過還是有少數例外。

也就是羅妮耶與緹潔兩個人的老家——阿拉貝魯家與休特里涅家，因為聖托利亞所有的貴族當中，只有她們兩個人被晉升為整合騎士見習生。

上個月，羅妮耶晉升為騎士見習生後首次回到老家。隔了一年才再見面的父母與弟弟都很健康，尤其目前為北聖托利亞修劍學院學生的弟弟不是興奮地想要揮舞羅妮耶的劍——卻連劍都拔不出——就是找她比腕力——卻連半限都推不動——真的引起很大的騷動。父親詢問在中央聖堂生活的各種事情，而母親的料理還是那麼地美味，可以說是相當歡樂的一夜。

隔天一大早，父親的三名兄長與其家人就來到家裡，而且還帶來出乎意料的禮物。

也就是羅妮耶的親事。

羅妮耶將來應該會正式敘任的整合騎士，在舊時代是公理教會的守護者，也是受到全人界壓倒性畏懼與尊崇的存在。即使教會蛻變為「人界統一會議」的現在，這樣的情感也沒有變化。不對，應該說由於許多整合騎士在異界戰爭裡殞命，反而讓他們的英雄性更為增加。

如果能讓這樣的騎士成為媳婦，那個家庭的地位與收入就能一口氣上升——伯父與伯母似乎是這麼認為。有適婚年齡的家庭就推薦自己的兒子。沒有的家庭就推薦近親家的繼承人。數量多到甚至讓羅妮耶感到佩服的身家調查書宛如小山堆在她面前，接著這些親戚便開始發表長篇大論。

——就算是整合騎士見習生，女人最大的天職還是生兒育女。聽說連整合騎士團長本人都生了個嬰兒。這樣應該不會有妳不能生育的法律才對。跟妳推薦我們家的兒子，不對是我們家的，不對不對我們家的才好……

桐人過去曾在暗地裡對羅妮耶與緹潔這麼說過。

支配舊公理教會的最高司祭，從所有帝國聚集劍技與術力優秀者，將他們晉升為整合騎士。但實際上這些騎士過去的記憶都被「合成祕儀」這個禁忌的術式抽出，然後以自己是從神界被召喚至此的虛假記憶代替。

這當然是恐怖的行為——但在騎士團營運的合理化這一點上可以說是相當漂亮的手腕，在伯父伯母面前的羅妮耶不由得這麼想。

壓抑下使用煙幕術式來逃走的心情，羅妮耶拚命說明就算娶了整合騎士當媳婦，爵士津貼也不會增加，更不會獲得領地。但伯父等人卻完全不相信，最後甚至說出羅妮耶一定每天在中央聖堂過著奢侈生活的話來，父親也因此而氣得把他們趕回去，羅妮耶終於得以逃離生天。

但是——

嘴裡說著「謝謝你，爸爸」的羅妮耶，內心忍不住就思考了起來。

父親雖然說了「跟妳真正想嫁的人結婚就好」，但內心一定也想早點看見孫子。不對，在那之前，父母親一定對女兒進入整合騎士團這件事抱持著不安。如果沒有發生戰爭，羅妮耶應該會順利從修劍學院畢業，然後讓某個爵家的次男或三男入贅來繼承阿拉貝魯家。

所以雙親很明顯希望羅妮耶能好好地結婚生子。

可以的話，羅妮耶也很想實現雙親的願望，讓他們能夠安心。

但是羅妮耶在離開老家回到中央聖堂的路上，就只能在內心深處不停地向他們道歉。

——爸爸、媽媽，真的很抱歉。我這一生大概，不對，是一定不會結婚，也不會生小孩了。

——這是因為，那個人永遠不會知道我的思慕。

手臂裡的小嬰兒貝爾切醒了過來，發出細微的哭聲打斷了羅妮耶的思緒。

羅妮耶急忙以僵硬的手勢靜靜地搖動嬰兒。但他卻完全沒有停止哭泣的意思。

「好了，乖乖、乖乖喔。」

雖然盡力安撫，但幼兒的臉卻越來越紅，最後扭曲起來，準備進入大哭狀態——

在那之前，從前方伸過來的手就輕輕抓住嬰兒服並且往上抬。

「這點搖晃沒辦法滿足這孩子喔。」

站在那裡的是身為母親的騎士長法那提歐。光滑黑髮所點綴的美貌上，露出了充滿慈愛的笑容。

「來～好高好高。」

話剛說完，就把貝爾切小朋友往上方丟去。雖然看起來是很輕鬆的動作，但怎麼說都是最強整合騎士的臂力。

幼兒一邊旋轉，一邊持續朝著「靈光大迴廊」高到不像話的天花板飛去。

「什……法那……危……危險……！」

羅妮耶發出奇妙的叫聲僵在現場。小嬰兒在快要碰到天花板的神界圖時才終於停止上升，換成一直線往下掉落。

最後再次掉進母親的雙手當中。下一刻，嬰兒就發出「呀呀」的歡喜笑聲。

「真是的，將來不知道該怎麼辦。羅妮耶，謝謝妳幫忙照顧他。今後可能還會麻煩妳。」

以滿面笑容這麼說完，法那提歐就朝出口走去。會議不知道什麼時候已經結束，迪索爾巴德與各局處長也跟在後面。

「……這也跟養育的方式有關吧……」

聽見這麼一句呢喃聲後就轉過頭去，發現桐人以一半傻眼一半畏懼的表情站在那裡。他身邊的亞絲娜也露出極為微妙的笑容。

「不……不過，將來總是會成為騎士然後騎乘飛龍，所以現在先熟悉高處……也不是件壞事吧。」

「謝達小姐的嬰兒也是一樣……將來真的很讓人擔心……不對，是很讓人期待啦。」

桐人用力搖搖頭，接著把雙手扠在腰間。

「今天的工作也結束了，我去看一下二號機的情況……」

「咦……咦咦！下一代的機體已經完成了嗎？」

「這次的很猛喲。熱素引擎（engine）與推進器（thruster）之間還有風素壓縮機（Compressor），而且渦輪（turbo）竟然……」

「我說桐人，講求出力（power）之前還是先想辦法解決安全性的問題吧！」

羅妮耶好不容易才舉起手來，在兩人跟其他人比起來混雜了較多神聖語的對話當中湊了一腳。

「那……那個……抱歉，桐人學長……」

「嗯？」

「那個，我有話……應該說，我有事情想問你……」

桐人眨了眨黑色眼睛，然後立刻微笑著點頭表示：

「嗯嗯，沒問題喲。雖然還有點早，不過我們就去喝杯茶吧。亞絲娜妳呢？」

視線移過去後，副代表劍士就發出「嗯……」的聲音。

「我雖然也很想去，但等一下就得到大圖書室去上神聖術的課程了。」

「這樣啊。第二代的司書也不好惹啊。還是不要翹課比較好……」

「人家只有對打混的學生才會這麼嚴厲。」

對著背部抖動了一下的桐人報以微笑後，亞絲娜就退一步來看著羅妮耶。

「那就晚餐時再見嘍。羅妮耶小姐，要特別注意桐人，別讓他吃太多零食。」

「知……知道了！」

對低下頭的羅妮耶，以及呢喃著「我是小孩子嗎」的桐人輕輕揮揮手，亞絲娜就留下七彩反射光颯爽地離去。目送她的背影消失在南側大門後，桐人才轉頭過來說：

「那麼，我們……就到久違的八十樓附近去看看吧。羅妮耶，我想吃雪桃蛋糕耶……」

「好的，我到廚房去準備好後就過去。」

「我要兩……不對是三塊左右！那我先過去嘍！」

不給羅妮耶插嘴的機會，桐人咻一聲就消失在通往升降洞的北門後面。

旁邊的月驅這時已經打起瞌睡，用手輕撫牠脖子的羅妮耶小聲地表示：

「……看來還是把整個蛋糕都拿過去比較好。」

在十樓的大廚房裡，請人將一整個放了滿滿純白糖漬雪桃的蛋糕——雖然被料理長瞪了——以及茶壺一起放進籃子裡後，羅妮耶就前往中央聖堂的八十樓。

搭上自動升降盤後，高度一口氣往上升。過去這個裝置似乎是由人直接手動操縱，原本負責操縱的少女也隨著自動化而從天職中獲得解放，聽說目前因為卓越的風素術技巧受到賞識而在工廠裡找到新的工作。

中央聖堂第八十樓有「雲上庭園」的別稱，雖然是在屋內卻有一整片花田。銀色的霜百合花朵群生的廣大草地中央，一塊平緩往上隆起的山丘頂端，可以看見黑衣的人界代表劍士站在那裡。

山丘中央種植了一棵金木樨小樹，右手貼在樹上的桐人佇立在該處，羅妮耶一靠近就轉過頭來對她露出微笑。

「嗨，辛苦了。」

「不，這也是隨侍練士的職責。」

報以輕笑之後，羅妮耶就迅速攤開布料。接著從籃子裡取出盤子，對著像小孩子般眼睛閃閃發亮的桐人遞出切得相當大塊的蛋糕。切完自己與月驅的份之後，又把茶倒進兩個茶杯當中並且說了聲「請」。

「我開動了！」

才剛大叫完，桐人就像要跟飛龍競爭一樣開始動起嘴巴。看著他這種模樣，羅妮耶就意識到胸口深處有溫暖的感覺慢慢擴散開來。

最近只要像這樣和桐人待在一起，除了產生幸福感之外也會忍不住想著：「如果有凍結時間的神聖術就好了……」、「如果能永遠停留在這一瞬間該有多好」。

但是當然沒有任何術式能夠操縱時間。時間不會倒轉、停止，只會不斷朝著未來流動。

正因為時間是這樣的存在，這個世界才能跨越最大的危機，像這樣獲得完全的和平。羅妮耶有一天也會成為正式的整合騎士，跨坐在長大的月驅背上翱翔於天空中吧。內心當然也期待著那一天來臨。但同時也忍不住希望時間能夠停止。

「……妮耶。羅妮耶？」

桐人的聲音讓陷入沉思的羅妮耶瞬間抬起頭來。

「啊，抱……抱歉！要再來一塊嗎？」

「沒……沒有啦，雖然確實想再來一塊……不是啦！」

嘴裡雖然這麼說，桐人還是把空盤子遞出來並微微歪著脖子問：

「妳好像說有事情想問我吧？」

「啊……」

好不容易想起自己的發言，羅妮耶這才急忙開口表示：

「對不起！確實是如此……那個，是關於學長所製作的那隻鐵龍……『機龍』的事情。」

桐人大口咬下從羅妮耶那裡接到的第二塊蛋糕，同時點了點頭。

「嗯。」

「那個，我有種想法……不對，應該說有點在意……」

忍不住左顧右盼了一下後，羅妮耶才壓低聲音問道：

「……學長是不是想用那隻機龍……來飛越『盡頭之壁』呢……？」

下一刻，桐人就發出「嗚咕」的奇怪聲音，然後左手捶打胸部右手在空中亂抓。羅妮耶急忙讓他握住茶杯，他便一口氣把茶喝盡，然後長長呼出一口氣。

接著這名黑髮青年，臉上就浮現與相遇不久時沒有兩樣的淘氣笑容。

「……不愧是隨侍練士小姐。什麼事情都瞞不住妳。」

「咦，那……那真的是……」

「嗯，是啊。」

這時羅妮耶只能茫然望著若無其事般點點頭，輕輕搓著臉頰附近的桐人。

盡頭之壁。那是用來稱呼包圍由人界與暗黑界所構成的地底世界，等於擁有無限高度的絕壁。

羅妮耶也曾經親眼見過那面從聖托利亞望去就像是溶入藍色天空般，完全感覺不出存在的牆壁。跟隨桐人去拜訪暗黑界北邊的山岳哥布林族領土時，因為注意到地平線的彼方有略為模糊的斷崖而屏住了呼吸。

根據哥布林們所說，那不是一面土牆，而是由超硬度的礦物所構成。別說是鑿出洞穴或階梯了，就連要開個小洞都極為困難，在三百年的歷史當中，嘗試攀登者似乎全都落得摔死的下場。

巨人族與食人鬼族也有同樣的逸聞，也就是說目前生活在暗黑界的所有種族，都認為這面牆壁是絕對無法侵犯，正如它的名字般是用來宣告「世界盡頭」的境界。

——原本應該是這樣才對。

「嗯……嗯，那個……」

雖然早就稍微預測到這個事實，但對方如此乾脆就承認還是讓人先大吃一驚，接著羅妮耶便拚命重整思緒。她啜了一口茶後，才好不容易做出完整的結論。

「……那個……也就是說，學長應該已經試過用自己的飛行術來飛越那道牆了吧？」

「嗯。」

點完頭的桐人立刻又搖了搖頭。

「試了一下就放棄了。風素飛行術就不用說了，連用心念創造出來的翅膀都完全飛不過去。靠近一定程度以上的高度後，重力好像就會無限增加……」

雙手環抱胸前並靠在金木樨樹幹上的桐人，有一半像是在對自己說明般斷斷續續說著：

「……但是，在界限到達點往正上方投擲小刀後，小刀就飛到相當高的地方。這就表示，並非拒絕所有物體入侵。我想大概是選擇性拒絕被分類為人類的單位。就算長了翅膀，我的單位ＩＤ還是不會改變……如此一來，之後就只能賭賭看把我完全密閉在某種可以移動的殼裡面，然後系統全面認定這個整體是非生物物體的可能性了……」

快要聽不懂對方在說什麼的羅妮耶畏畏縮縮地舉起手。

「那麼，這就表示雖然肉體無法越過牆壁，但搭乘在那隻金屬龍上面就或許能成功嘍？」

「嗯……？」

這時才終於抬起頭的桐人，眨了好幾次眼睛後才用力點點頭。

「啊，抱歉。嗯，妳說得沒錯。其實我已經試過以術式或者心意讓皮革或者紙做的飛機……不對，是龍飛行了。不過還是行不通……我自己操縱的話，好像就被認定跟衣服或者鎧甲一樣。必須靠龍自身的力量來飛行。但為了要承受熱素的高溫，就只能夠用金屬來製造，而要有足以讓那種重量飛行的力量，使用的熱素數量也會跟著增加，完全陷入惡性循環當中了……」

「哦哦……真的很困難呢……」

不由得跟桐人一樣陷入沉思的羅妮耶忽然回過神來。

「等等，我的問題不是這個！我想問的是……」

「嗯，什麼？」

「為什麼必須越過盡頭之壁呢！我擔任學長的隨侍也已經有很長一段時間了，也不是不能理解學長有牆壁就想要加以征服的心情……但我認為……現在還有許多更重要的事情……」

雖然一口氣就說了一大串話，但現在才感覺到自己好像在對學長說教，於是便縮起了脖子。當羅妮耶感到惶恐時，桐人則是輕拍了一下她的肩膀。

「謝謝妳，羅妮耶。老是讓妳替我擔心，真的很不好意思。」

看見對方的笑容，心臟突然開始急促跳動。羅妮耶為了不讓對方察覺到這一點而拚命抑制自己。桐人似乎沒有注意到羅妮耶內心的變化，只是把雙手交叉在腦袋後方並將視線往上看。

「………但是，我認為越過那道牆才是目前地底世界最優先的課題喔。」

「咦……這是怎麼回事呢？」

「妳別跟其他人說喔，就算是緹潔或法那提歐都不行。」

羅妮耶突然聽見這樣的發言，忍不住就瞪大了眼睛，但還是勉強自己點了點頭。

只不過，真正讓人驚訝的，是桐人接下來所說的話。

「——這樣下去，終有一天會再次發生戰爭。」

「………！怎……怎麼會呢……好不容易才迎來和平的時代啊……」

像喘息一般這麼說完，桐人就以嚴肅的表情搖了搖頭。

「很可惜的是，這樣的日子可能持續不了太久……東大門崩壞，兩個世界開始交流，從暗黑界來了許多觀光客對吧。他們現在還能享受珍奇的風景與食物。但不久之後就會發現兩個世界決定性的差異。」

「差異……？」

「嗯。人界的大地實在太過豐饒，而暗黑界實在太貧瘠了。羅妮耶也看見那種紅色天空與焦炭般的地面了吧……唯有首都黑曜岩城周邊的地力還算豐富，結果支配該處的終究不是亞人而是人族。這樣下去，哥布林族、半獸人與巨人之間的不滿又會一點一點確實地累積……我和亞絲娜雖然拚命試著要綠化亞人族的領土，但還是無法成功。空間資源……神聖力的供給可以說少到令人絕望。」

羅妮耶安靜、專心地聽著桐人所說的話。

——暗黑界那種荒涼的景象確實深深烙印在她腦海裡。但至今為止都認為本來就應該是這樣。完全沒有出現過改變這種情況的想法。

「……學長……我……」

桐人的黑色眼睛看向發出呢喃的羅妮耶，接著露出溫柔的微笑。

「抱歉，我不是在責備羅妮耶。這是沒辦法的事，因為地底世界打從一開始就被設計成這樣。目的只是為了讓貧瘠的黑暗界與豐饒的人界發生戰爭。然後戰爭實際發生，也付出了許多犧牲，最後終於避免最糟糕的結局。為了在那場戰爭裡失去的生命，絕對不能重複同樣的悲劇。」

「但……但是，那該怎麼做才好……」

「答案只有一個。亞人族需要引以為傲的國家，而不是被趕到暗黑界邊境才不得已開拓出來的領土。那會是一個不需要被稱為『亞人』的，真正的國家。」

「真正的……國家。」

雖然好不容易才能跟上桐人所說的話，但不知道為什麼，感覺瞬間就能夠理解這句話的意思了。

羅妮耶自己親眼所見的，就只有山岳哥布林族的領土。從東大門往東北方一直前進後所到達的丘陵地帶就是他們的國家。地表連小麥都種不出來，河川裡也沒有魚棲息，可以說是名符其實的荒野。

再加上，前前任族長哈卡西與他的兒子前任族長柯索吉相繼殞命，好不容易才剛推舉出新的族長，部族的復興是遲遲沒有進展。如果黑暗領域還是只遵從「力量鐵則」的舊時代，立刻就會被巨人或半獸人族，甚至是平地哥布林族給滅族了。

隨著桐人訪問他們土地的羅妮耶，因為病人被放置在簡陋稻草床上，飢餓的孩子們持續虛弱哭泣著的光景而說不出話來。即使藉由人界搬運過來的大量支援物資而得以避免最糟糕的狀況，但這還是無法解決根本的問題。那樣的土地本來就無法支撐多產的哥布林族人口。

但是羅妮耶至今為止都沒有去想過「今後的事情」。不對，應該說是強迫自己去忘記，哥布林的小孩子們不斷從自己手中搶過不甚美味，只是能保存許久的硬麵包並專心啃著的模樣。

在那之後，人界應該也持續運送物資到該處才對。她告訴自己這樣不就好了嗎，對於生長在人界，雖然地位不高但怎麼說也是貴族，過著衣食無缺生活所產生的愧疚感視而不見。

但是現在從桐人口中聽見「真正的國家」這幾個字，羅妮耶便不得不產生強烈的意識。那樣的荒野，實在很難稱為國家——不對，甚至連領土都稱不上。那是流刑地。生活本身就是一種刑罰的土地。

「…………學長……我……我……」

羅妮耶深深低下頭，叉子掉到吃了一半的蛋糕盤子上，然後以沙啞的聲音這麼呢喃。

——貴族必須承擔特權以上的重大義務。不論何時都必須為了無力者而戰的義務，以神聖語來說就是「Noble obligation」。

兩年前，當羅妮耶什麼都不懂時，如此教導她的就是眼前的桐人。

——但是，曾幾何時自己已經忘了這一點……不對。其實是我沒把哥布林族當成跟自己一樣的人類。即使覺得他們的境遇很可憐，心裡的某個地方還是告訴自己這也是沒辦法的事……

慢慢滲出的眼淚掉了一滴到白色盤子上。旁邊的月驅很擔心般以喉嚨發出「咕嚕嚕嚕」的聲音，這時桐人從前方伸過來的手用力撫摸羅妮耶的頭部。

「抱歉，羅妮耶。我早就知道提這件事情的話會傷害到妳。」

桐人以特別平穩的聲音這麼呢喃著。

「……但是，妳不用這樣責備自己。現在人界能夠運送支援物資到暗黑界，全是因為停止了皇帝與大貴族們的浪費，而且人界也急速地完成復興的緣故。如果沒有羅妮耶等人的努力，這兩者就絕對無法實現，所以羅妮耶已經替他們盡力了。」

「是……這樣嗎？」

「當然嘍。在那之後我還有再到山岳哥布林的國家去，那些小孩子都還記得妳送麵包給他們的事情呢。」

再次有與剛才意義不太一樣的淚水溢出，順著臉頰滑下來。桐人這時候以簡樸的手帕幫忙擦拭眼淚。

羅妮耶拚死壓抑著衝進眼前胸膛，把臉壓在上面盡情哭泣的衝動。她就在垂著頭的情況下強迫自己止住淚水，然後抬起臉來露出些許笑容。

「……謝謝你，學長。已經不要緊了……抱歉，話說到一半就哭了起來。」

「我從初等練士的時候就知道羅妮耶是愛哭鬼嘍。」

即使噘起嘴來瞪向微笑著這麼說的桐人，羅妮耶也還是得繼續承受內心深處的疼痛。

把痛楚隨著茶吞下，眨眼將最後的淚水甩落，羅妮耶就再次開口說：

「……嗯，我大概了解學長在想什麼了。哥布林與半獸人們，也需要跟人界同樣豐饒、美麗的國家。既然地底世界已經沒有這樣的地點，那就只能從『盡頭之壁』外面去找了。因此一定得靠那隻機龍越過那道牆才行……是這樣對吧。」

「沒錯……雖然越過牆之後也是困難重重……」

羅妮耶以有些顧忌的態度詢問深深點頭的桐人。

「……但是，真的有牆壁後面的世界嗎？如果那面牆壁是永無止盡地往前延伸呢……？」

「這我也想過了。但是……如果那道牆真的是這個世界的盡頭，感覺根本就沒必要用到牆壁。只要用不可入侵的定址空間……就是一片虛無即可。」

「虛無……是像看不見，也無法進入的空間那樣嗎？」

「沒錯。但盡頭之壁是實際存在的絕壁。非常高又極為堅硬。如果這麼做的理由，是為了不讓世界的居民面對無法理解的事象……那麼真正的『世界的盡頭』，在到達那裡的時候可能就不再是『盡頭』……一切全得看Main Visualizer有多少餘地與餘力……」

當羅妮耶因為話題再次飛躍到自己無法理解的領域而皺起眉頭，桐人就很不好意思般搔著自己的頭。

「抱歉抱歉，一和羅妮耶說話，就把腦袋裡的想法直接說出來了。嗯，這個嘛……應該說世界本來就沒有什麼『盡頭』了。」

「沒有盡頭……？」

這又是羅妮耶不甚熟悉的概念。

對於在北聖托利亞出生長大的羅妮耶而言，將城市區分為扇形的巨大城壁——「不朽之壁」就是最初的盡頭。之後學到牆壁後方還有廣大的諾蘭卡魯斯北帝國，而且和其他三個帝國合起來形成圓形的人界。

到了八歲進入幼年學校，才學習到包圍人界的「盡頭山脈」，以及遠方令人恐懼的黑暗領域。但教師也沒有教導暗黑界具體的地勢——現在回想起來，甚至會懷疑教師有沒有相關知識——到了和緹潔一起志願參加人界守備軍前往東大門，才知道也有包圍該處的無限絕壁，也就是「世界盡頭之壁」的存在。

也就是說，羅妮耶了解的世界一直都有「盡頭」存在。就算越過那個境界，也一定會出現下一道牆壁。而她相信總有一天會到達一個絕對無法超越的真正世界盡頭。

「……那麼，也就是說……盡頭之壁後面，也有像人界或暗黑界這樣的……草地、森林或者荒野無限往前延伸嘍？」

以不確定的口氣這麼問完，桐人就發出「嗯……」的沉吟聲。

「怎麼說明才好呢……——對了，妳過來一下。」

桐人站起身子並對羅妮耶伸出手。在心跳加速的情況下握住桐人的手後，桐人就把羅妮耶拉起來，帶著她到開在雲上庭園外圍部的小窗子前面。

「來，妳看那個。」

黑衣的右手所指的是，浮在藍色逐漸變濃的東方天空中那朦朧的白色半圓——月亮（露那利亞）。羅妮耶與月驅就按照指示，抬頭看著成為幼龍名字來源的巨大星星。結果桐人就說出極為理所當然的事情。

「很圓吧。」

「是……是的。確實很圓。」

即使心想「到底要說什麼」，羅妮耶還是點了點頭。

「那個月亮也不是平面的圓盤，而是圓滾滾的球體。所以只有照到太陽光的部分看起來特別明亮，也才會像那樣有陰晴圓缺。這些知識……聖托利亞的學校應該也教過吧？」

面對不太有自信般進行確認的桐人，羅妮耶在露出苦笑的同時也再次輕輕點了一下頭。

「那是當然了。幼年學校教導我們……那黃金寶珠是露那利亞神的寶座，飄浮在天空後面的神界。」

「這樣啊。啊～嗯……其實就我的推測，包含人界與暗黑界在內的這個世界，其實應該也和那個一樣是球形。」

「咦……咦咦！球體？」

羅妮耶忍不住大叫了起來。突然感覺腳底下不牢靠，不由得用力踏穩雙腳。身邊的月驅像要表示說這是什麼蠢話一般，用鼻子對著桐人發出「噗嚕嚕」的鼻息。

桐人之後花了五分鐘的時間，教導羅妮耶世界——他說那叫作行星——的球形構造。這當然不是那麼容易接受的概念，不過聽完之後終於讓羅妮耶想通了一件事。

中央聖堂第九十五樓「曉星望樓」的外圍部分是完全對著天空敞開，站在其邊緣，就能看見遠方的地平線畫出平緩向上的弧形。

如果世界真的是球形，或許——看起來就會是那種形狀，但即使腦袋試著要去理解，還是沒有任何真實感，羅妮耶只能茫然凝視著飄浮在空中的月亮。

忽然間，嘴唇裡掉出自己也意想不到的話。

「如果這個世界也和那個月亮一樣是球體……月亮上也會有草原、森林和城市，也有人居住在上面嗎？」

「咦……」

對於桐人來說，這似乎是意料之外的問題，黑髮劍士用力眨了一下眼睛後，立刻露出柔和的目光。

「……或許吧。根據與月亮之間的距離來看，那不是什麼小衛星，可能是同樣尺寸的行星……嗯，哪天實際去看看就知道了。」

讓羅妮耶感到意外的是，自己竟沒有對這以極為輕鬆的口氣隨口說出的話感到太驚訝。反而有種這個人當然會說出這種話的預感。

所以羅妮耶只是微笑著，然後往桐人靠近一限的短短距離，接著小聲呢喃：

「身為前輩的隨侍練士，那個時候我一定也要一起去。」

「那就得造一台超大的機龍了。」

接著兩個人與一隻飛龍，有好一陣子就這樣往上看著遙遠空中的半圓。

3

突發性茶會結束，把餐具還給廚房後，羅妮耶就一直思考著桐人所說的話。

不是盡頭之壁的另一側、世界是球形或者到月亮去旅行等事情。而是一開始出現的話題，亦即關於「再次引發戰爭的可能性」一事。

羅妮耶也覺得，人界的豐饒確實可能讓亞人族持續累積不滿。但老實說，實在難以相信那會與實際的戰爭——也就是再度的武力侵略有所關連。

這是因為，現在暗黑界也締結了「五族和平條約」，而且這件事情應該已經對所有種族徹底宣導過了才對。和人界相比，他們的法律確實比較原始，不過裡面明訂了禁止殺人與掠奪的行為。

數百年來，暗黑界居民只遵守力量強大者可支配一切的「力量鐵則」，這樣的強行改革對他們來說確實像是天崩地裂一般，所以過渡期間似乎留下不傷害性命的話可以自由決鬥的緩衝規則。但發動戰爭的話，就不可能還有多餘的心思去注意不傷害到性命。

而就算是暗黑界的居民，應該也和人界人一樣具有「無法違背法律」這樣的靈魂封印才對。就是因為這樣，之前的戰爭明明才剛結束不到幾年，人界就已經能夠接受來自暗黑界的觀光客了……

「……羅妮耶。妳在聽嗎，羅妮耶？」

右肩被戳了好幾下後，羅妮耶才猛然抬起頭。

原本應該在中央聖堂四樓的大修練場角落努力進行心念的修行，但不知不覺間就陷入了沉思。今天的課題是「端坐無想」，這和「素因交感」與「鐵柱孤立」的修行不同，實在是很容易被雜念纏身的一種練習。

不過身邊的搭檔似乎不只是雜念纏身，甚至還想挑戰閒聊這樣的行為。羅妮耶瞄了一眼在修練場中央指導下位騎士們劍技的師父——今天是「熾焰弓」迪索爾巴德——目前的情況之後，才小聲地對好友道歉。

「對不起，剛才在發呆。」

說完後才發現自己在這種狀況下道歉好像也不太對，不過紅髮搭檔已經鼓起臉頰來呢喃著：

「什麼嘛，完全沒在聽嗎？我是說……有事情想找妳商量。」

「找我商量？」

羅妮耶微微歪起脖子，把視線移向隔壁。

交情從修劍學院時代就開始的騎士見習生緹潔·休特里涅，這時臉上轉變成極為嚴肅的表情並點了點頭。

「嗯…………那個，有人……對我提出要求了。」

「咦，比試嗎？別真的去和人決鬥啊！」

反射性輕聲這麼叫完，緹潔紅葉色的眼睛就瞪著羅妮耶，同時迅速做出否定。

「才不是哩！完全相反……不是決鬥……不知道該不該說是求婚……就是……」

不知道搭檔到底在說什麼，羅妮耶愣了幾秒鐘之後，才了解她所說的意思。

之後羅妮耶必須擠出所有的心念，才能抑制住想放聲大叫「咦～～～！」的心情。她以用力吸一口氣來取代大叫，然後將其憋在胸口再細細長長地呼出。

再次吸了口空氣之後，羅妮耶才畏畏縮縮地問：

「………妳的意思是……要結婚了……？」

結果緹潔的視線就落在前方地面，然後輕輕點點頭。

原本「對象是誰」這個理所當然的問題就要脫口而出，但羅妮耶卻在最後一刻把它吞了回去。現在可能對緹潔求婚的男性就只有一個人而已。那就是上位整合騎士，「雙翼刃」連利·辛賽西斯·推尼賽門。

從異界戰爭的時候，他對緹潔的心意就相當明顯了。與其說意外，倒不如說這個求婚來得未免太遲。

羅妮耶一邊在腦海裡描繪著那個總是掛著低調微笑的嬌小男性騎士，一邊準備向對方說「恭喜妳」。

但緹潔就像是要阻止她這麼做一樣，迅速地搖了搖頭。

「……我還沒決定要怎麼回答他。」

這樣的呢喃讓羅妮耶眨了眨眼睛。

「咦……為什麼……？妳又不討厭，不對，應該說妳喜歡連利大人吧？不是經常跟他待在一起嗎……」

畏畏縮縮地問完，總是元氣十足的緹潔就把頭垂得更低，臉上也滲出絕不適合她的哀戚表情。

「我是喜歡他。但我自己也知道喜歡他的理由。那是因為……連利大人他某些地方有點像學長。」

「…………！」

羅妮耶猛烈吸了一口氣。

緹潔所說的「學長」，指的當然不是代表劍士桐人。在修劍學院擔任初等練士時，就像羅妮耶是擔任桐人的隨侍練士一樣，緹潔也跟在一名高年級生的身邊。羅妮耶很清楚，緹潔打從心底仰慕那名在沉穩態度與柔和微笑深處，潛藏著不輸給桐人之意志與劍術的他。

但是，他已經不在了。

羅妮耶相信紅髮好友已經克服了這份悲傷。覺得她已經把各種寶石般的回憶慎重地收進內心深處，然後再次開始往前走。

但從紅色睫毛順著臉頰滴落的透明水滴，宣告她的想法完全錯誤。

「緹潔……」

呼喚好友名字的羅妮耶，用力咬了一下嘴唇後，下定決心站了起來。接著對不停在修練場中央發出指示的迪索爾巴德大叫：

「師父閣下！騎士休特里涅因為身體不適，請讓她結束今日的修練吧！」

短髮的魁梧大漢雖然發射過來宛如鋼箭般的視線，幸好最後還是默默點頭。羅妮耶迅速讓緹潔站起來，讓她在不被看見臉龐的情況下行了個禮後就離開修練場。

羅妮耶直接抱著緹潔的肩，快步走下大樓梯，朝著聖堂後院的一大片薔薇園前進。經過據說原本是獄卒的巨漢園丁身邊時對他稍微點頭打了招呼，然後就胡亂在迷宮狀的通道裡前進，來到沒有任何人影的深處後找了張小小的長椅子坐下來。

二月的薔薇園裡，即使最早開花的品種也才終於結出堅固的花蕾而已，目前只能看到小片的葉子與長滿尖刺的蔓藤在寒風中顫抖。

緹潔以濕濡的紅葉色眼睛茫然眺望著它們，最後終於呢喃了一句：

「………和連利大人在一起的話，總有一天能把他變成回憶，我是這麼相信……不對，應該說這麼希望的。」

「緹潔………」

靜靜把手貼在她的背上，對方就放鬆身體倒下來，把頭靠在羅妮耶肩膀。

「但是呢……回過神來才發現，我一直在連利大人的笑容、言語以及動作當中尋找與學長相似的地方……連利大人也知道我忘不了學長。他說即使是這樣也沒關係。他就是在知道這一點的情況下向我求婚。我真的很高興……雖然很高興……」

長長的睫毛上再次堆滿淚水並且滴落。這次不再只是一滴，而是不斷地湧出，在兩人簡樸的修練衣上留下水漬。

「雖然很高興，但我其實不想忘記。打從心底深處想一直和學長的回憶在一起。就是因為知道了這一點……所以我……」

緹潔以發抖的喉嚨大大吸了一口氣，接著用力把臉擠到羅妮耶胸口，放聲大叫著：

「我好想……好想跟尤吉歐學長見面……！」

當好友哭得全身顫抖時，羅妮耶便全力抱住她的背部。

羅妮耶眼裡也滲出滾燙的液體。

兩個人在修劍學院擔任隨侍練士只有短短一個月左右的時間。但對兩個人來說，在那裡的邂逅就是命運。也是一生當中只會出現一次的奇蹟。

從很久以前就發誓自己要為這樣的奇蹟奉獻一切，再也不會愛上其他人。因此也希望緹潔能找到新的幸福——但現在羅妮耶才終於理解，那只是自己極為一廂情願的希望。

這是因為和羅妮耶不同，緹潔已經再也無法見到自己思慕的人了。緹潔沒辦法碰到他的手，也沒辦法和他說話，甚至連在遠方默默凝視著他都辦不到。

羅妮耶想不到用來安慰發出悲痛嗚咽的好友的言詞。只能用不停摩擦摸她的背部，撫摸她的頭髮來取而代之。

當夕陽的顏色悄悄染上薔薇園時，緹潔的眼淚才終於止住。

像是把所有感情都擠乾了一樣，紅髮好友在把頭靠在羅妮耶肩膀上的情況下，茫然仰望著下沉的索魯斯。

「……………對不起。謝謝妳。」

由於最後緹潔以沙啞的聲音這麼呢喃，羅妮耶便輕輕搖搖頭。

「別這麼說……我才要向妳道歉呢，緹潔。我……完全沒有注意到妳的心情。只是擅自希望妳跟連利大人能夠幸福……」

「沒關係。因為我自己也有點這麼希望。」

緹潔用力吸了一口氣之後，以恢復幾分元氣的聲音表示：

「我去拜託連利大人，請他再等一下。雖然就算花時間可能也沒什麼幫助……但我有一種預感。」

「預感……？」

「嗯。從看見桐人學長製造的那隻『機龍』開始……就覺得今後會發生什麼事情，同時會產生某種改變。」

緹潔的話也讓羅妮耶突然想起那一瞬間的事情。

在藍天作為背景之下，不斷往上升的銀色光芒。抬頭看著那道光時，強烈到無可復加的興奮感。那樣的光景，確實會讓人有種將產生某種巨大變革的預感。

「…………是啊。我也有這種感覺。」

羅妮耶這麼呢喃完，緹潔也緩緩點了點頭。

兩名少女騎士就這樣在石造椅子上坐了好一陣子。幾分鐘後，緹潔就趁五點的鐘聲響起時站起身子，瞄了羅妮耶一眼，接著說出出人意表的發言。

「那羅妮耶妳又如何呢？」

「咦……什……什麼如何？」

紅葉色眼睛眨了一下，臉上甚至浮現淡淡的微笑——

「有沒有讓桐人學長知道妳的心意了？」

「怎……怎麼可能做出那種事呢！」

忍不住這麼大叫之後，羅妮耶才縮起肩膀，劇烈搖著頭說：

「我怎麼會……不可能這麼做吧。我只要維持現狀就好了。」

「如果是擔心我的話，真的沒有那種必要喔。」

緹潔一臉認真地這麼說，而羅妮耶則是再次對她傳達了否定之意。

「不是那樣，真的沒關係。因為……學長的身邊已經有亞絲娜大人在了。而且還有不知道何時會回到這個世界的愛麗絲大人、人界守備軍的賽魯魯特將軍……說不定就連法那提歐大人都……」

「羅妮耶妳也真是的。」

緹潔像是很傻眼般在對方面前嘆了口氣。

「桐人學長又不是跟什麼人結婚了。而且現在學長比皇帝還要偉大，按照帝國基本法，應該可以娶三個……或是四個老婆吧……？」

「我……我說啊，學長不可能會這麼做吧。」

忍不住再度發出叫聲的羅妮耶，為了掩飾變得滾燙的臉龐而迅速站起來。

「真的不用管我的事情！緹潔只要考慮自己的事就可以了！」

做出堅定的宣言後就轉向後方。

好友又故意嘆了一口要讓人聽見的氣，然後才站起來走到蘿妮耶身邊。

「嗯，桐人學長本人目前應該不可能提到這種事情吧…………蘿妮耶，差不多該回去了。霜咲牠們的肚子餓了。」

「嗯嗯。我也正想這麼說，不過……」

這時羅妮耶望著左右兩邊的樹牆並這麼說：

「……緹潔，妳知道怎麼回去嗎？」

「……剛才在哭的我怎麼可能知道呢。」

兩人面面相覷，然後在巨大薔薇迷宮深處再次一起嘆了一口氣。

當天晚上。

即使躺在中央聖堂二十二樓自己房間的床上，羅妮耶也一直沒辦法入睡。

——都是緹潔說出那種奇怪的話。

對隔著厚厚石牆的隔壁房間傳送怨恨的念頭。不過立刻就反省自己，因為她知道緹潔一定也會度過一個難以入眠的夜晚。

因為緹潔今天有生以來首次受到男性的求婚。

——不知道是在中央聖堂的哪個地方喔？對方不知道說了些什麼？

這樣的想像，立刻往完全不同的方向發展。

——如果，假設……萬一桐人學長向我求婚的話。那個人會選擇什麼樣的地方呢？是中央聖堂九十五樓的「曉星望樓」嗎……還是充滿回憶的修劍學院後院呢……不對，說不定會使用飛行術式，在雲朵上方求婚呢……

羅妮耶大大吸了口氣，猛力把棉被蓋到頭上來打斷思緒。

接著對自己說，連這樣的想像都不准出現。唯一可以期望的就只有一件事。也就是現在這種安穩的日子可以持續下去。除此之外就不能有任何願望了。

轉過身子來把臉埋在枕頭裡之後，低調的睡眠精靈終於到訪，悄悄地闔上羅妮耶的眼瞼。

4

隔天，二月十八日。

很遺憾的是，羅妮耶在午餐的座位上得知了連唯一的願望都產生了動搖的事件。

臉色蒼白衝進來的下位騎士，朝桐人跪下之後，所喊的內容是——

山岳哥布林族的觀光客，於央都聖托利亞殺害了一名聖托利亞市民。

這時就連人界代表劍士，以及膽子應該比他更大的副代表都一起瞪大眼睛，猛烈地吸了一口氣。

桐人接著暫時閉上眼睛，然後立刻放下刀叉站了起來。

「亞絲娜還有法那提歐小姐，拜託妳們掌握人界守備軍與衛士隊的指揮權。只要進行通常任務，這次的事件不要讓他們有任何特別的對應——那個哥布林族現在在哪裡？」

後半段是對前來傳令的下位騎士所提出的問題。還殘留著少年面貌的騎士，在保持跪姿的情況下回答：

「是，目前已經被收監於南聖托利亞衛士廳！」

「了解，傳令辛苦你了！」

話才剛說完，桐人就翻動黑衣衣襬開始大步往前走。這時羅妮耶終於從驚愕當中恢復過來，急忙站起身子的她，從大圓桌另一側大叫：

「我……我也一起去，代表閣下！」

結果桐人一瞬間露出考慮的表情，不過立刻就點頭說：

「那就拜託妳了。我要抄一下捷徑，應該沒關係吧？」

「什……什麼？咦咦……」

跑過來的羅妮耶皺起了眉頭。中央聖堂位於圓形的央都中心，跑下聖堂的大階梯後從南門出去就已經是舊薩查庫羅伊斯帝國的首都南聖托利亞市了。衛士廳房舍等重要設施，應該都在從中央聖堂延伸出來貫穿城市的大路上才對，也就是說到達目的地只有一條直線道路，哪裡還有什麼捷徑……

桐人這時以行動來回答羅妮耶的問題。他以毫不猶豫的腳步走向東側的露臺而不是大廳南方的大門。

跟在後面的羅妮耶，從中央聖堂二十樓左右的高度眺望著外面，內心產生「咦？不會吧」的想法。

這個時候桐人的左臂已經隨著「失禮了」的聲音繞過羅妮耶的身體。在心跳還來不及加速之前——

就有「嗶嗡！」的異質聲音響起，讓視界被綠色光線包圍。

下一刻，感覺身體輕輕浮起的羅妮耶差點叫了出來，但兩個人立即以猛烈的速度往天空飛去。

中央聖堂轉眼就已經在遠方。廣大的央都市街離自己越來越近。這已經不能用快來形容。明明應該比飛龍所能達到的最大飛行速度還快了好幾倍，卻幾乎感覺不到風壓。似乎是加工風素來形成薄膜包裹住身體，藉此消除空氣阻力，而且還從後方連續解放風素來獲得巨大的推進力。

這就是目前全地底世界只有桐人能使用的「風素飛行術」——當理解到這一點時，兩個人已經如疾風般降落到地面上。

再次傳出不可思議的聲響，接著色彩又回到視界當中。甩開襲來的暈眩感睜開眼睛之後，眼前就有一棟巨大的——當然遠遠不及中央聖堂——石造建築物。切割紅色砂岩，帶有顆粒質感的牆壁毫無疑問是南聖托利亞特有的產物。

兩名穿著整齊厚重鎧甲的衛兵就站在石梯上方的正面出入口值勤。應該是目擊到唐突出現的羅妮耶與桐人了吧，毫不掩飾警戒心的衛兵直接舉起大型斧槍，而桐人則是一直線朝他們跑過去。

「什麼人！」

衛兵詢問著來者身分並且喀鏘一聲交叉起斧槍，這時羅妮耶從桐人身後拚命擠出最具威嚴的聲音大叫：

「我們是人界統一會議的人！」

讓衛兵們的視線能看見刻在短披風釦子上的整合騎士團紋章。因為還是見習生，所以沒有原本應該刻在下部的編號，幸好它還是充分發揮了效用。衛兵們像是彈起來一樣擺出立正的姿勢，同時以斧槍的金屬箍高聲敲打地面。

桐人一口氣跑過兩人中間，羅妮耶則跟在他身後。

雖然實在有點太遲了，但羅妮耶到了這個時候才發現，人界統一會議代表劍士身上不要說是劍或者紋章了，甚至連件披風都沒有。身上的服裝就只有簡樸的黑色麻質上衣，以及同樣是黑色的厚實棉褲。這身打扮的話，很難責怪看不出他是代表劍士的兩名衛兵。

不過桐人直接就穿越以疑惑眼神看著這邊的衛士廳職員之間，一直線往地下的樓層前進。簡直就像早就知道引發問題的哥布林被關在什麼地方一樣。

不對，實際上哥布林確實關在那裡。因為跑完一半石梯時，羅妮耶耳裡已經能聽見那極具特徵的尖銳叫聲。

「……沒做！俺什麼都沒做！什麼都沒看見！」

「別說謊了，這個臭亞人！」

渾厚的怒吼聲之後是鈍重的聲響。

衛士廳地下二樓是由烏亮鐵欄杆所隔成的牢獄。只不過，當兩人經過時大部分牢房的地板都積了薄薄一層灰塵，看來已經許多年沒有使用。而這本來就是理所當然，因為人界原則上不會出現犯罪者，至今為止——最多也只有極少數無法完全記住禁忌目錄、帝國基本法等龐大法條，「結果不小心犯下微罪者」出現。

通道的盡頭可能是用來偵訊用的場所吧，那是一間沒有鐵欄杆的大房間。微暗的房間中央放著一張簡陋的木桌，趴在桌子上的無疑就是一名年輕的山岳哥布林族。

強壯的衛士正從後面按住他矮小的身軀。而正面則站著一名身穿隊長制服的男性，手裡正高高舉起一把已經出鞘的長劍。

「等我砍斷你一隻手，再看看你能不能繼續說出這種卑鄙的謊言！」

劍身反射蠟燭的亮光。

——快住手！

羅妮耶原本想這麼大叫，但搶在她之前——

就傳出「鏘！」一聲尖銳的聲音，隊長的劍就像被透明劍刃打中一樣爆出火花，接著從隊長手中被轟飛到深處的牆邊。

桐人使用了整合騎士的祕奧義「心念之太刀」。全力奔跑並彈飛隊長手中長劍的黑衣青年，直接衝進偵訊室裡大叫：

「到此為止！現在開始，這件事情就移交給人界統一會議來處理了！」

「什麼……」

隊長原本茫然望著自己被轟飛的劍，轉過頭來看見桐人後就氣得滿臉通紅。當他震動修剪得相當整齊的鬍子，準備大聲叫喚的時候，眼睛就看見了羅妮耶的肩章。

他的表情再度激烈變化，同時失去了血色。隊長與其部下迅速單膝跪地，他們低頭的對象是羅妮耶而不是桐人。

實際上，聖托利亞人民對自己展現這種反應的機會確實增加了許多。但還是完全沒辦法習慣。因為羅妮耶在一年三個月前還只不過是一介學生。異界戰爭時志願參加人界守備軍，之後便忘我地揮動手中的長劍，不知不覺間就被任命為騎士見習生，所以完全沒有所謂騎士的覺悟與品格。

這個人明明只要好好地打扮一下，就不會如此被人輕視了啊，內心如此想的羅妮耶一直注視著桐人的舉止。

外表看起來就跟央都一般居民沒有兩樣的青年，首先向縮起身體來不停發抖的山岳哥布林族年輕人點點頭來讓對方安心，接著又以沉穩的聲音問道：

「你叫什麼名字？」

哥布林帶著黃色的眼睛猛烈眨了一眨，最後才細聲回答：

「…………歐羅伊。」

「歐羅伊嗎？從你的裝飾羽毛來看，應該是鋸齒丘的烏波利一族吧？」

哥布林搖晃從綁在額頭的皮帶伸出來的藍色與黃色羽毛輕輕點了點頭。

「這樣啊，我的名字叫桐人。目前擔任人界統一會議的代表。」

下一刻，依然低著頭的兩名衛士背部為之一震，名為歐羅伊的年輕人則瞪大眼睛叫著：

「桐人……俺知道這個名字！是和烏波利比賽採集暴躁蟲並且獲勝的白伊武姆！」

——羅妮耶雖然在內心傻眼地想著「這個人到底在做什麼」，但當然沒有表露在臉上。桐人則是以稀鬆平常的表情點點頭說：

「那時候獲得的百人長獎牌我還留著喲。聽好了，歐羅伊。接下來我會按照順序，先聽這邊的衛士，然後聽你說事情的經過。不會光憑講話的內容就處罰你，所以你就冷靜地把發生的事情說一遍。」

在桐人催促下站起身子的衛士隊長，以敬畏中帶著些許憤恨的表情說出以下的內容。

——本日上午十一點三十分左右，南聖托利亞四街的衛士值勤所裡，接到市民「卡魯路的旅館裡有亞人拿著武器作亂」的通報。趕到現場後，發現哥布林族拿著沾血的短劍站在旅館二樓走廊上，而深處的房間有一名人類男性流血倒地。男性為旅館的清潔人員，心臟被刺了一刀後天命已經完全消滅。從狀況判斷是哥布林族持短劍殺害了男人，立刻就把他帶到衛士廳並且開始偵訊——

山岳哥布林族的歐羅伊則對這樣的內容做出以下的說明。

——歐羅伊是在三天前和同族的五名年輕人一起來到聖托利亞觀光旅行。同伴們吃完早餐後就到街上去了，歐羅伊因為肚子不舒服而在旅館的房間裡睡覺。中午之前有人敲了房門，所以就來到外面，結果沒看到人影，只有一把短劍掉在走廊上。撿起短劍後注意到上面有血跡，正在望著它時士兵就從樓梯上來，在搞不清楚情況時就被抓住了。

「……俺什麼都沒做……也沒看見發生什麼事了……」

當歐羅伊如此對話題做出總結時，隊長似乎再也忍不住般大叫：

「夠了，不是要你別再說謊了嗎！那把短劍不是人界的東西！只有亞人才會用那種粗劣的武器！」

「不……不對！那把劍雖然很像但真的不是！哥布林的劍都會在柄頭加上氏族的紋章！那

把劍沒有，根本是假貨！」

歐羅伊以尖銳的聲音這麼反駁之後，隊長就更加氣憤，立刻想要吼回去。結果桐人以右手制止他並說：

「調查一下就能知道了。隊長先生，那把短劍目前在什麼地方？」

「……是，目前保管在一樓的武器庫當中。」

「抱歉，可以給我看一下嗎？」

結果隊長就對部下使了個眼色。年輕衛士就像彈起來般衝了出去，讓眾人等了整整五分鐘後，沒有留鬍子的年輕人才頂著鐵青的臉龐回來報告。

「…………找不到。」

「你在說什麼蠢話！」

隊長以盛氣凌人的態度如此大吼，衛士則把脖子縮到極限並重複了一遍：

「我說找不到。武器庫並沒有保管那把用來犯罪的短劍。」

兩個小時後。

回到中央聖堂——這次是用馬車——的桐人，隨即招集人界統一會議的眾成員並且向他們說明狀況。一起到衛士廳去的羅妮耶，也特別允許她一起坐在圓桌前。

五十樓主會議場目前籠罩在寂靜當中，而最先打破這份寂靜的正是副代表亞絲娜。

「……那個山岳哥布林族的歐羅伊現在在哪裡？」

「噢，從衛士廳把他帶到這裡，先讓他住進四樓的空房間了。門口派了人警戒，所以實際上算是軟禁……」

面對皺眉的桐人，亞絲娜也以陰鬱的表情回應：

「在事件解決之前，這也是沒辦法的事……」

這時騎士迪索爾巴德低沉的聲音從圓桌的另一邊響起。

「看來兩位都確信那個哥布林沒有犯下殺人罪？」

「——嗯，我是這麼認為。」

點頭的桐人，在桌上交叉起雙手的手指靜靜地繼續表示：

「由黑暗領域到人界的觀光旅行是統一會議為了雙方世界的交流所進行的事業。穿越『東大門』時，每個觀光客都有義務要確認禁止事項。雖然只是簡單的規則冊子，但上面確實以暗黑界總司令官的名義，明示著禁止強盜、傷害、殺人等犯罪。也就是說，應該被暗黑界『力量鐵則』束縛的歐羅伊，如果突破禁忌殺害旅館清潔人員的話……」

「右眼就一定會破裂。」

把話題接續下去的是騎士長法那提歐。

坐在圓桌前的眾人，暫時沉默下來感受著這句話。

生活在地底世界的所有居民，不論是人類還是亞人，都一定會被施加「Code 871」這個術式。這是想違背任何法律或規則時，右眼便會劇烈疼痛，實際做出違反行為時眼球就會爆裂並消失得無影無蹤的恐怖術式。

說起來，一般人甚至連違背法律這樣的想法都不會出現。過去羅妮耶自身也遭遇過好幾次「禁忌目錄」與「帝國基本法」不合理的地方，但從未有違反它們的念頭。地底世界長達三百年的歷史當中，出現這種想法、實際行動並且達到右眼遭破壞這個階段者，經過確認的僅僅只有三人——加上自己刨出右眼者是四人——而已。

而山岳哥布林族的年輕人歐羅伊雙眼仍完好如初。這一點羅妮耶也親眼確認過了。

「但是……」

以有些顧忌的聲音這麼說道的是整合騎士連利。

向緹潔求婚，目前仍在等候回音的年輕騎士，不知道是不是因為這樣，在額頭飄盪沉鬱之色的情況下繼續表示：

「殺人行為對歐羅伊之外的萬民來說也是最大的禁忌。就連我們這些幾乎對所有法律都擁有超越權的整合騎士，也沒辦法讓無辜的人民天命全損。也就是說……如果是除了歐羅伊之外的某個人殺了清潔人員，那麼那個人……」

「——已經突破了右眼的封印。」

桐人這麼呢喃完，嘴角就滲出苦澀的笑容。

「真是諷刺。如果是過去存在的『自動化元老機關』，現在應該就能檢測出犯人了。」

結果亞絲娜立刻搖頭說：

「不能倚靠那種非人道的機構。」

自動化元老機關是由人界會議的前身——公理教會所營運，將數十名高位術師的天命以及自我意識凍結，命令他們不斷遠距離搜尋違背法律者，也就是由人類所構成的監視裝置。戰爭後，雖然解除了束縛「元老」們的術式，但他們的自我還是沒有回復，幾天之後所有人都在睡夢中過世了。

應該是想起那些元老了吧，桐人嘆了一口沉重的氣並回答：

「嗯，我知道。而且……我總有種不對勁的感覺。」

「你的意思是？」

黑色眼睛望向提問的法那提歐。

「怎麼說呢……過去突破右眼封印的三個人，都不是為了想殺誰才這麼做。是因為堅決對抗不合理的強烈意志而突破封印。這樣的話，對於犯人來說，被害者就是非殺不可的絕對惡之象徵了。」

桐人瞄了一眼桌上的資料才又繼續說：

「但是，被殺害的這名叫作椏贊的清潔人員，在能調查到的範圍內，並不是會和人結怨的人物。長年在大貴族的私人領地種植小麥，去年得到解放後就到旅館來工作，對於來自黑暗領域的客人也一視同仁地親切以待。被逮捕的歐羅伊也說感覺椏贊很親切。」

「這就表示……該名椏贊先生，不可能出現對人行使不合理權力的狀況嘍？」

桐人堅定地點點頭來回答亞絲娜的問題。

「大致上是這樣沒錯。而且……還有凶器消失了的問題……」

在衛士廳的地下監牢裡，接到被認為用來殺害椏贊的短劍從武器庫當中消失的報告，桐人立刻以人界統一會議的名義，直接質問了廳舍內所有的衛士。但是沒有人承認自己把劍拿出來。衛士廳是由人界軍所管理，而人界軍又是受到統一會議指揮，所以應該沒有衛士敢違抗命令才對。也就是說，殺人的短劍被從旅館送到衛士廳並且收入武器庫之後，就被外界的某個人偷走——或者自動消滅了。

「關於這件事，有沒有人有什麼意見？」

桐人環視圓桌並這麼問完，迪索爾巴德立刻發言表示：

「我聽說是粗製的鑄造武器，會不會使用一次後天命就幾乎用盡……然後在保管時全損了呢？」

「嗯……怎麼說也是金屬武器，真是天命全損的話也不會完全消滅，感覺暫時還會有些鐵屑存在才對……」

「唔……的確如此。」

看見雙手抱胸發出沉吟的巨漢，羅妮耶腦袋裡突然浮現一個想法。

她悄悄地看著圓桌左右兩邊，確定沒有人要繼續發言後，才畏畏縮縮地舉起手來。

「哦，羅妮耶，請說吧？」

「是……是的。那個……師父，不對，是迪索爾巴德大人在箭筒裡的箭用完時，會用術式加以補充吧？」

一問之下，弓箭手就重重地點點頭。

「嗯，不過優先度會比使用真正鋼鐵的箭差上好幾倍。」

「就跟那些箭一樣……用來作為凶器的短劍……說不定也是由鋼素所生成的『暫時性武器』……」

羅妮耶提出的想法，讓主會議場暫時陷入一片沉默當中。

結果打破沉默的不是桐人的聲音，而是他的動作。他隨意將右手移到桌子上，同時瞇起眼睛。

手掌底下迅速出現三道銀色光點。別說是術式了，桐人連起句都省略掉就生成出鋼素。它們立刻融合為一，一邊發出亮光一邊改變形狀。銳利伸出的一端開始彎曲，另一側則收縮為細長形。

掉到圓桌上發出「喀咚」一聲的，是哥布林族喜歡使用的單刃短劍，羅妮耶過去也看過這樣的武器許多次。不論是厚實的劍身還是隨便削出的劍柄都充滿深沉的存在感——但和真貨比起來還是能看出一些差異。

首先是表面的質感太過光滑。而且真貨是用染色皮革捲起來的劍柄，也變成跟劍身合為一體的金屬製。識貨的人一看，兩者之間的差異可以說是一目了然。

桐人用手指夾起自己製作的短劍說道：

「就連相當熟悉哥布林族短劍的我，最多也只能做出這種程度的成品。但是，殺人的凶器仿真到連歐羅伊都會看錯……如此一來，那應該是相當高位的術士花了很長一段時間來生成。」

話說到最後就與「叮」一聲清脆金屬聲重疊在一起。原來是桐人以極簡單的心念擊打了短劍。但光是這樣，「暫時性武器」的天命就全損，像玻璃般粉碎之後就撒出光粒消失無蹤。最後甚至連碎片都沒有留下。

「……如此一來就是相當嚴重的問題了。」

騎士長法那提歐晃動波浪狀黑髮低聲呢喃。

「目前聖托利亞的所有高位神聖術士不是隸屬人界軍……就是在這個統一會議的指揮之下。是從底下出現了反叛者……還是……」

——黑暗領域的暗黑術師幹的好事。

在場所有人都沉思著她省略掉的這句話。

如果暗黑術師入侵聖托利亞，又因為某種謀略而殺害了無辜的一般人民，那就是比哥布林族歐羅伊因為突發的衝動而殺害椏贊還嚴重好幾倍的事態。藉由前往人界觀光以及與暗黑界的通商等交流事業才好不容易消除成見的兩個世界，甚至很可能再次引發戰爭。

「等等……這麼說來，這就是對方的目的嗎……？」

桐人以沙啞的聲音這麼呢喃，但立刻又搖頭以堅定的口氣說：

「一切都還只是我們的臆測。在進行調查的同時，也要把這件事情對市民的影響減少到最小的程度。即使無法抑制謠言擴散出去，也絕對要防止因為謠言而誘發的第二、第三起事件……亞絲娜，人界軍那邊如何了？」

聽見問題後，副代表立刻輕輕點頭。

「已經拜託莉娜……不對，賽魯魯特將軍，不要從事通常任務之外的治安維持活動。將軍也很爽快地答應……但是，舊大貴族的派閥果然還是有應該把所有黑暗領域旅行者全部抓起來的強硬論調出現。因為用了統一會議的名義提出命令書，所以暫時把他們壓了下來……」

亞絲娜一瞬間閉上嘴，栗色眼睛浮現強烈光芒後才繼續說道：

「……不過，如果再次發生同樣的事件，命令書將會引起對於統一會議壓倒性的不滿與不信任吧。然後如果我是在背後操縱這起事件的黑幕，我就一定會繼續引起下一個事件。」

「嗯，我也會這麼做。」

桐人在交雜著嘆息之下如此回應，接著像要做出總結般輕輕拍了一下手。

「──那麼，統一會議將做出以下四點對應。第一，由官方發表尚未特定出事件犯人的聲明。第二，對於椏贊的遺族提供充分的說明與補償。第三，以最大動員態勢來調查本事件。第四……盡快與暗黑界的指導者進行協議。其他還有什麼意見嗎？」

法那提歐立刻舉手，以帶著疑惑的聲音如此指出。

「說是盡快……距離下一次與暗黑界方面的會談也還有將近一個月的時間。意思是要提早日期嗎？」

「不。」

桐人立刻搖頭，很輕鬆地這麼說道：

「我到黑曜岩城去跟伊斯卡恩見面。」

會議結束時，索魯斯已經逐漸沒入西方的稜線。

羅妮耶急忙跑到聖堂西側的飛龍廄舍，對著幫忙照顧月驅的緹潔用力揮手。

「抱歉，這麼晚才回來！」

一聽見她的聲音，淡黃色幼龍就迅速從草地上抬起頭，發出「咕嚕嚕」的叫聲跑了過來。

羅妮耶抱住牠軟綿綿的身體，一邊搔著牠的下巴一邊再次對緹潔說：

「謝謝妳，緹潔。這份人情……將來會在精神上報答妳……」

「連說的話都越來越像桐人學長了。」

搖了一下頭就站起來的紅髮好友，隨即正色問道：

「那麼……會議怎麼樣了？」

並肩坐到設置在廄舍牆邊的板凳上後，羅妮耶便概略說了臨時會議的內容。

以嚴肅表情聽完內容的緹潔，最後呢喃了這麼一句。

「不知為何……有種不祥的預感……」

「是啊……目前騎士們似乎都認為人界人無法殺害他人……」

「不過也有鑽法律和規則的盲點，然後隨自己高興扭曲它們的傢伙……」

實際上，之前的「四帝國之大亂」，就是當時的皇帝們發出敕令，斷定新組織起來的人界統一會議是對舊公理教會的反叛軍所引起。法律一旦遭到扭曲，其拘束力便極為強烈，為了鎮壓蜂起的四帝國近衛軍，就只有打敗諾蘭卡魯斯、威斯達拉斯、伊斯塔巴利耶斯、薩查庫羅伊斯等四名皇帝，要他們廢棄敕令這個方法。由於羅妮耶與緹潔當時衝進北聖托利亞帝城，順勢直接與皇帝庫魯加·諾蘭卡魯斯六世交手，所以親身體驗過他膨脹到難以想像的自我。

兩個人忍不住同時摩擦上臂，然後緹潔才像要轉換心情般表示：

「嗯，既然這樣，那我就再幫妳照顧一下月驅吧。」

「咦？為什麼？」

一以驚訝的表情回望，好友就微笑著說出嚇死人不償命的話來。

「因為，妳一定會和桐人學長到黑曜岩城去吧？」

5

從人界的央都聖托利亞到暗黑界的首都黑曜岩城，其實有三千基洛爾以上的距離。

騎乘一天能飛一千基洛爾的飛龍也得花上三天。馬車的話要一個月，徒步則需要再加倍的時間。過去發生異界戰爭時，暗黑界軍將領皇帝貝庫達使用了暗黑術師的祕藥與祕術，讓五萬大軍只花了五天的時間就從黑曜岩城移動到東大門，之後經過驗證，那種祕藥是會讓喝下的人類、亞人與獸類的天命最大值減少一些，但永遠不會再復原的恐怖產品。人族因為騎馬與使用馬車而沒有飲用該種藥品，但徒步移動的亞人族現在仍處於天命減少狀態，而聖托利亞的神聖術師們正努力想找出解毒方法。

羅妮耶認為，由於這次的緊急事態而急遽決定訪問黑曜岩城的人界代表劍士桐人當然會乘坐飛龍。因為從中央聖堂移動到南聖托利亞衛士廳的風素飛行術會消費大量空間神聖力，在地力陽力稀薄的黑暗領域沒辦法長時間安定地使用。

但他沒有自己的騎龍，所以需要同乘迪索爾巴德或者連利的龍。兩人騎乘已經會加重飛龍的體力消耗了，實在沒辦法開口希望對方能帶自己去——所以羅妮耶在被緹潔慫恿之前就放棄了。

羅妮耶心想至少幫忙做好旅行的準備，而從飛龍廄舍來到代表劍士起居室所在的聖堂第三十樓時，迎面而來的亞絲娜就以帶著擔心與放棄掙扎的表情告訴她「桐人他在工廠喔」。

在與副代表劍士共有著不安的情況下再次跑過長長的距離，來到中央聖堂後方──過去是監牢的地點──就隨著寬敞的斜路往下前進，最後窺探打開著的大門內部。

內部是深三十梅爾左右的大空間，左右兩旁的牆邊有五六名年輕鐵匠與工匠正以鐵鎚發出氣勢十足的敲打聲。而中央在無數光素燈照耀之下，可以看見某種巨大人工物坐鎮於該處。

那是與前幾天大爆炸的一號機極為相似的金屬製飛龍，也就是所謂的「機龍」，桐人與工廠長薩多雷師傅熱烈地交換意見……或許應該說是互相怒吼。

「到底要我說幾次啊，桐仔！這傢伙還在調整當中，它沒辦法全力飛行這點道理，你應該也能理解吧！」

「老師，你不用擔心啦。這次不是垂直上升，只有橫向飛行而已。只要換上能乘著風的大型機翼就沒問題了！」

「什麼沒問題！我聽說了喔，你要去的地方是暗黑界的首都吧！有哪個傢伙會在還沒有經過正式飛行實驗的情況下就突然進行來回六千基洛爾的飛行啊！」

「沒問題啦，這傢伙的熱素密封罐比一號機堅固一倍，機體也經過老師嘔心瀝血地打磨。

就算飛一萬基洛爾也不會出什麼毛病對吧？」

「我……我的施工當然沒有那麼容易壞……不對不對，不能這樣！每次被你慫恿，都會發展成比遭到沼澤馬蠅叮中屁股還麻煩的事態！」

聽著兩個人的對話，羅妮耶就感覺自己的臉龐逐漸失去血色。桐人要搭乘的不是飛龍也不是馬車，他是想駕駛這隻機龍二號機飛到黑曜岩城去。羅妮耶腦海裡再度浮現前幾天的大慘劇，用力甩甩頭後就急忙往兩人的方向跑去。

「不……不行啦，桐人學長！薩多雷工廠長說得沒錯，如果有什麼萬一該怎麼辦！」

「哎呀，羅妮耶。太靠近的話衣服會沾到油喲。」

把羅妮耶的左手拉離機龍五十限之後，桐人先是輕笑了幾聲，才正色開口表示：

「嗯，真有什麼萬一的話，我會想辦法靠自己的力量飛行。騎士們都很忙碌，也沒辦法麻煩他們送我去黑曜岩城，騎馬的話又得花一個月的時間……感覺狀況應該比我們所想像的還要緊急，不盡快趕到暗黑界傳達狀況並且警告他們的話，可能就會來不及了……」

「…………但是學長，還是有其他危險啊。」

往前靠近一步的羅妮耶拚命想說服桐人。

「殺害清潔員椏贊先生，並且試圖把罪推給山岳哥布林的某個人沒有受到禁忌目錄束縛。這樣的話，也有可能危害離開聖托利亞的桐人學長……不對，說不定這次的事件，就是為了讓學長前往黑曜岩城所設下的陷阱！」

「噢……原來如此，確實有這種可能……」

一臉認真地呢喃完，桐人便像在思考什麼般閉上了嘴。

這時打破沉默的，是薩多雷老人盛大的嘆息聲。

「唉……好不容易才出現一個或許能夠和暗黑界打鐵匠交流知識與技術的作夢般世界，老頭子我也不想變回過去那樣啊。」

「哦……連老師這樣的達人，都還有要學的東西嗎？」

桐人的問題讓薩多雷捋著灰色鬍鬚，繃著臉表示：

「哼，那還用說嗎？守備軍從戰場上帶回屬於暗黑騎士的劍和鎧甲，全都是相當優秀的作品。說起來，連他們所使用的鋼，都是我不曾見過的種類……在知道礦石和製法之前，我是不會死的。」

薩多雷以殘留著無數傷痕的大手拍了一下銀色機龍閃亮的外殼，接著又說道：

「……桐仔，熱素的壓力計只能到八成喔。還有，快點決定壓力的單位。」

「哦，不愧是老師！壓力的話……嗯，一平方限的面積上加了一基洛姆的重量……」

「請……請等一下！」

羅妮耶急忙打斷兩個人的對話。

「機龍的安全性也就算了，學長被人盯上的危險性並沒有消失喔！身為隨侍的我，實在無法接受學長獨自前往暗黑界……」

邊說邊抬頭看向機龍頭部的羅妮耶，忽然注意到某件事，於是便閉上嘴巴。

包圍金屬製椅子——好像叫作「操縱席」——的玻璃部分，比一號機還要長上許多。定眼凝神一看之下，發現操縱席的後面似乎還設置了另一張椅子。

「…………那個，學長……」

「……什……什麼事？」

「這隻二號機，該不會可以坐兩個人吧？」

「嗚……嗯，是啊。雖然一號機因為凍素來不及供給而爆炸了，不過早就料到可能會出現那種情形……這傢伙是設計成讓兩個人來生成凍素，不過正如我剛才所說，水平飛行的話自己一個人就能供給充足的冷卻力……」

有種不祥預感的桐人說明的速度越來越快，羅妮耶則是直接用乾咳打斷了他。

「我知道了，學長。就以加派護衛來對應暗殺的危險吧。」

「護……護衛？」

「但正如學長所說的，諸位上位騎士都相當忙碌，所以這個任務就交由我這個騎士見習生來負責吧！」

「咦……咦咦？」

「而且我一起去的話，也可以幫忙監視熱素密封罐！」

「咦咦咦咦～～！」

在嚇得人仰馬翻的桐人想說什麼之前，羅妮耶就把右拳貼在胸前，左手按在劍柄上行了正式的騎士禮，擅自做出接受命令的宣言。

薩多雷老師在露出狼狽表情的桐人身邊愉快地哈哈大笑起來。

「看來是桐仔輸啦，不過羅妮耶小妹還真是變堅強了呢。」

羅妮耶雖然好不容易從桐人那裡獲得同行的許可，但接下來才真正要開始辛苦。

她當然是第一次造訪暗黑界的首都黑曜岩城，也沒有桐人的隨行人員只有自己一人這樣的經驗。完全不知道該準備些什麼才好的她，從工廠衝回二十二樓自己房間後，就把大量衣服以及其他一些雜物排在床上，同時發出「嗯嗯」的沉吟聲——

突然聽見有人敲門，認為應該是緹潔的羅妮耶大聲說了句「來嘍！」並朝門口跑去。

「太好了，我剛好想拜託妳幫忙準備行李……」

這麼說著同時拉開門後，發現站在門後面的並非紅髮的搭檔，而是穿著珍珠色騎士服，垂著栗色長髮的美貌女性劍士。

「亞……亞絲娜大人！」

亞絲娜以纖細的右手制止了急忙想行禮的羅妮耶，然後露出平穩的微笑。

「抱歉在這麼忙的時候來打擾妳，羅妮耶小姐。希望妳跟我到一個地方去……」

「是……是的，謹聽您的吩咐。」

點完頭之後，羅妮耶來到走廊上跟在亞絲娜身後往前走。

如果這裡是北聖托利亞修劍學院，而前來找自己的又是學姊的話，就有可能出現在校舍後方被數名學生包圍起來，然後被警告「妳這傢伙最近是不是太囂張了？」的情形，但中央聖堂當然不可能發生這種事。

但是，羅妮耶單方面對亞絲娜感到有些愧疚也是不爭的事實。並非因為對方是人界統一會議的副代表劍士，也不是因為她是從地底世界之外來到此地的異世界人。而是因為極為個人，同時無法向任何人表明的理由——

亞絲娜是在一年三個月前，異界戰爭正熾熱進行時降臨到地底世界。

羅妮耶與緹潔所參加的人界軍誘餌部隊，遭到皇帝貝庫達所率領的暗黑界軍猛烈追殺，為了盡誘餌的義務而被逼入幾乎快全滅的狀況。羅妮耶自身也迎擊了潛入人界軍大本營後方的暗黑騎士，但手中長劍瞬間就被擊落，因此而有了死亡的覺悟——這時候亞絲娜便出現了。

亞絲娜浮遊在漆黑夜空當中，渾身散發清聖光輝的模樣，就跟阿拉貝魯家代代相傳的繪畫，或者修劍學院壁畫上所描繪的創世神史提西亞一模一樣。亞絲娜舉起散發彩色光芒的細劍，在地面製造出巨大的洞穴，將準備殺害羅妮耶的黑暗騎士放逐到地底當中。目擊如此神威的羅妮耶，深信亞絲娜就是史提西亞神本尊。

之後雖然知道亞絲娜和桐人一樣——再加上與羅妮耶戰鬥的暗黑騎士與皇帝貝庫達——都是「現實世界人」，但戰爭結束一年以上的現在，羅妮耶對於亞絲娜的感謝與尊敬之意還是完全沒有變淡。

但是像這樣兩個人獨處時，羅妮耶胸口就會感到些許疼痛。

那是因為亞絲娜目前已經被大家公認是「桐人的特別的人」。亞絲娜之所以降臨到地底世界，完全是因為想要救助當時心神喪失的桐人。

在日照下的窗邊閒聊時、用餐的位子上把小鹽罐遞過去時，甚至是斥責代表劍士的胡鬧時，羅妮耶都能強烈感受到桐人與亞絲娜之間深厚的愛情。

自己不曾想過要介入兩人之間。總有一天……而且是不遠的將來，兩人就會舉行結婚儀式了吧，那個時候希望自己能夠由衷地祝福他們。

但是………但是。感覺不論經過多少時間，內心深處的刺痛感似乎都不會消失………

羅妮耶在走過通道，步下樓梯期間也一直陷入沉思當中，當亞絲娜在前面停下腳步時，羅妮耶差點就撞上她的背部。

好不容易避開撞擊的羅妮耶，環視周圍才發現這裡是中央聖堂三樓的大武器庫門前。

有著索魯斯神與提拉利亞神浮雕的大門，過去只有元老長、騎士長以及最高司祭才能開啟。目前只要在門旁邊檯子上的名簿簽名，任何人都能夠到裡面去參觀，不過當然不允許把裡面的武器拿出來。

最近央都開始使用由雪白麻纖維製造出來的「麻紙」來代替羊皮紙，亞絲娜就以同樣是新開發的填充墨水式銅製筆在麻紙簽名簿上簽名，然後毫不猶豫地把門推開進入武器庫。由於已經是傍晚，所以看不見其他參觀者，只有沉靜的黑暗迎接兩個人。

亞絲娜雙手貼在入口旁邊的玻璃管上，開始詠唱神聖術的式句。

「System call。Generate luminous element。」

在管子裡生成十個光素後，就伸出一根手指來生成風素。然後利用其壓力，讓十個光素在張貼於牆壁上的管子裡移動，照耀了整個大武器庫。

和麻紙與銅筆相同，這種「光素管」與工廠裡的光素燈都是由桐人與亞絲娜開發出來。和火把與油燈不同，不但沒有火災的危險，白色光線也相當安定，即使封閉在玻璃管裡面，光素也會一點一點與玻璃產生反應然後消滅，所以需要能使用神聖術的人定期補充。在擁有許多術師的中央聖堂已經可以把油燈全部替換掉，但目前似乎仍無法普及到聖托利亞的街道上。

在多達十個光素的照耀下，整座大武器庫變得金碧輝煌，連不是第一次來到這裡的羅妮耶都輕輕屏住呼吸。

與修劍學院大修練場差不多大的地板上整齊地排列著各式各樣的鎧甲，高處的牆上則掛著無數大大小小的劍、槍以及斧頭等武器。裡面似乎也有授予整合騎士的神器級武具，但仍是見習生的羅妮耶尚無法分辨出來。

「……景色還是如此驚人。」

羅妮耶剛發出感嘆的聲音，亞絲娜就點著頭說：

「是啊。不過，其實已經有許多武器交給莉娜小姐，不對，是賽魯魯特將軍的人界軍使用了喔。桐人好像想把它們全部賣掉，然後把資金拿來支援人界的邊境部與暗黑界，不過聽說果然遭到迪索爾巴德先生的反對。」

「嗯……嗯，真是個困難的問題……」

只能做出這種回答的羅妮耶悄悄垂下肩膀。

親眼見到山岳哥布林族那些飢餓兒童的羅妮耶，自認為相當了解支援暗黑界的重要性。但耳朵深處還殘留著桐人「這樣下去，終有一天會再次發生戰爭」的發言。

如果，那樣的事情真的成為現實……希望生活在北聖托利亞的家人與學院的學生們、中央聖堂的眾騎士與術師，當然還有緹潔都能夠平安無事，所以忍不住就會覺得應該留下能夠成為貴重戰力的這些武器。

當羅妮耶這麼呆立在現場時，亞絲娜就拍了一下她的肩膀，像是要改變氣氛般以淘氣的表情說：

「那麼，整合騎士見習生羅妮耶．阿拉貝魯閣下，妳的武器裝備權限到幾級了？」

「咦……咦咦？為……為什麼亞絲娜大人要問這種事……」

「先告訴我就對了。」

一旦被人界第二偉大的劍士盯著臉看，也只能照著她的話去做了。話說回來，最近真的都沒確認呢，如果下降了怎麼辦……這麼想著的羅妮耶以左手在空中畫出印記，然後輕敲自己的右手。

隨著淡淡光彩出現的「史提西亞之窗」，會表現那個人究極的本質——桐人是用「個人資訊」這種稱呼方式——所以除了緊急時之外盡量不窺看他人的視窗才符合禮儀。這時羅妮耶以神聖語對遵守這一點而往後退了一步的亞絲娜傳達標記在「Object Control Authority」欄位的數字。

「嗯，是……39。」

「哇，真厲害，已經和擁有編號的騎士差不多了呢。」

露出滿臉微笑的亞絲娜呢喃著「那樣的話……」並移動到深處的牆邊。不斷讓陳列在該處的無數不同顏色與意匠的單手劍顯示出視窗，選出四把劍後就一隻手各拿兩把，然後把它們並排在附近的作業台上。

「這幾把是優先度38與39的劍。羅妮耶小姐，妳選一把喜歡的吧。」

亞絲娜出乎意料的發言，讓羅妮耶好一陣子說不出話來。

優先度39的武器雖然尚未到達神器的領域，但也足以進入名劍、魔劍的範疇了。實際上，並排在作業台上的四把劍全都施加了流麗的作工，精心打造的劍身顏色雖然各有千秋，但全都發出鏡子般的光輝。就連直接隸屬於法那提歐團長的「四旋劍」都還只有使用制式劍，騎士見習生又怎麼可以持有如此的名劍。

「亞……亞絲娜大人，我不能這麼做！」

看見羅妮耶同時搖動雙手和脖子，亞絲娜就發出竊笑聲說：

「那個動作有點像桐人呢。」

「咦……是……是這樣嗎……」

「呵呵，不用客氣喔，羅妮耶小姐。我已經獲得法那提歐小姐的許可，最重要的是妳本身也是在那場戰爭中拚戰到最後的勇者啊。」

「…………沒這回事……」

這次羅妮耶換成垂下脖子來再次搖了搖頭。

「……我只是被亞絲娜大人、連利大人、許多衛士以及從現實世界前來救援的劍士們保護了……就連那個黑騎士對桐人學長做出那麼殘忍的事情時，我都沒辦法做任何抵抗。」

「絕對沒這種事。」

亞絲娜輕輕走過去後，就溫柔地把雙手繞過羅妮耶背部。羅妮耶雖然因為惶恐而嚇得渾身僵硬，但緊張的心情立刻就被香甜清爽的茉莉花香與微熱的體溫給融化了。

「桐人無法動彈時，完全是靠羅妮耶小姐、緹潔小姐以及愛麗絲來保護他。對我來說，妳們才是真正的英雄……我都不知道該如何感謝妳才好了……」

對方的話讓羅妮耶忍不住浮現淡淡的淚水，同時呢喃著：

「愛麗絲大人……不知道過得怎麼樣了……」

隔了幾秒鐘後，亞絲娜才堅定地回答：

「她在現實世界一定過得很好。因為她可是連結兩個世界的希望啊……將來一定、一定能再跟她見面的……」

抱著羅妮耶的雙臂一瞬間灌注了力量，身體離開之後，亞絲娜再次露出了微笑。

「好了，快選把劍吧。這不只是為了妳，也是為了保護桐人的武器。」

聽對方這麼說，就無法繼續拒絕好意了。

羅妮耶再次凝視著亞絲娜所選的幾把劍。四把全是單手用直劍，劍柄與劍身都略為纖細，可以知道不只是優先度，亞絲娜也替羅妮耶選擇了適合她體格的劍。

最近藉由桐人一點一滴的解析所知道的是，優先度超過30的上位武器防具或者裝飾品，除了顯示在史提西亞之窗的天命值之外，似乎還擁有所謂「隱藏性能值」的力量。比如攜帶在身邊對於各種的屬性攻擊或者毒、疲勞、詛咒等的抵抗力就會上升，或者是能幫助生成特定的素因，甚至有提升天命的回復速度、夜視等特殊能力，最後還聽說發現了受到犬隻喜愛這樣的奇妙效果。

另外還判定出目前已經死亡的最高司祭亞多米尼史特蕾達賜予整合騎士們的神器，隱藏著能讓各人擅長的神聖術更加強化的性能，由此可知亞多米尼史特蕾達可以看見比史提西亞之窗更加詳細的武器情報與各個騎士的能力。根據桐人表示……目前中央聖堂的高位術師們正為了實現「掌握隱藏性能的神聖術」而努力，但應該還需要很長一段時間吧。

現在並列於羅妮耶眼前的四把劍，應該也各自具備不同的隱藏性能，但從外表完全看不出來。每一把都裝備到身上並試著使用所有屬性的神聖術，或者在中央聖堂外圍跑一圈後調查天命回復速度的話，或許能有點模糊的感覺，但明天早上就要出發的羅妮耶實在沒有多餘的時間嘗試這些實驗。

當她不知該以何基準來做選擇只能呆立在現場時，就感覺有細微的聲音從記憶深處浮現。

……我以前也覺得這把劍太重，別說揮舞了甚至連拿起來都相當辛苦呢。

一邊保養劍身白中泛藍的美麗長劍一邊這麼說道的，正是緹潔擔任隨侍練士的尤吉歐上級修劍士。他身邊的桐人上級修劍士則是無聲地笑著並且擦著自己的黑劍，附近的桌子上剛泡好的咖啡爾茶與剛出爐的蜂蜜派正散發出香氣。那令人懷念不已的光景，已經是將近兩年前的事情了。

當初，緹潔與羅妮耶還只是剛進入北聖托利亞修劍學院就讀的初等練士。剛好入學成績相當好，所以成為一百二十名新生中只選出十二個人的隨侍練士，由於獲得優先度15的白金橡製木劍卻無法隨心所欲地操縱，於是便詢問指導生們使用重劍的方法。

尤吉歐的外表瘦削且纖細，卻能輕鬆拿起遠比鋼鐵製雙手用大劍還沉重的「藍薔薇之劍」，這時他開口繼續說道：

「理論上來說，劍士的裝備權限超越武器優先度的話，劍過於沉重的感覺就會消失。但我認為劍與劍士之間的關係，不是純粹只能用那樣的數字來表示。就算是優先度比自己的權限低上許多的武器，粗魯地使用或者平常根本不怎麼握它的話，緊要關頭它也不會回應主人的意志。以前的我之所以無法揮動這把劍，不是因為權限不足，而是因為對劍的愛情不夠……我是這麼認為的。」

「對劍的……愛情。」

初次聽見這句話時，羅妮耶與緹潔都感到困惑。

兩個人雖然都是出身於最下級貴族的六等爵士家，但父母親都希望自己的孩子能敘任為不必害怕上級貴族裁決權的四等爵士，所以在修練劍技的費用上是毫不吝嗇。木劍在激烈的訓練中折斷的話，不但不會生氣還會高興地立刻購買新木劍來替換。對於兩個人來說，劍是實現夢想……實現的不是自己而是雙親夢想的道具，同時也是把兩個人束縛在既定未來上的枷鎖。所以聽到要對劍傾注愛情，也無法立刻了解對方的意思。

尤吉歐對這樣的兩個人露出溫柔的微笑，對她們表示：

「不只是劍喔。衣服、鞋子和餐具……就連用神聖術生成的一粒素因，只要心和它連結在一起就一定能得到回應。我想人應該也一樣。」

結果到目前為止都靜靜聽著的桐人，就停下擦「夜空之劍」——當時只叫它作「黑色傢伙」——的手，在臉上淘氣笑容更加燦爛的情況下說：

「沒錯，我和尤吉歐的心也連結在一起。所以就算吃了尤吉歐的派，你也會笑著原諒我吧。」

「很可惜，當你吃了我的派的那一瞬間，我和你的連結就斷了喔，桐人。」

聽到這樣的對話，羅妮耶她們忍不住就笑了出來。一邊笑著，一邊感覺似乎能夠理解尤吉歐所說的話。

從那天起，兩人就在舍監的許可下每天把白金橡的木劍從修練場拿回房間，然後像要治癒它在訓練中出現的傷痕般，小心翼翼地擦拭著。兩個人沒有花多長的時間，就能夠自由地揮動木劍了。

當時很希望學院辛苦但很快樂的日子能夠永遠持續下去。但短短一個半月後，尤吉歐和桐人就為了拯救緹潔和羅妮耶而以藍薔薇之劍與夜空之劍砍了其他上級修劍士，於是被帶到公理教會去。兩個人之後就從地下監牢逃走並且挑戰公理教會，不斷打敗世界最強的整合騎士們，最後甚至連人界的支配者最高司祭亞多米尼史特蕾達都打倒了。但尤吉歐也在那場戰鬥中喪命，再也無法復生。

想起緹潔痛哭著表示想與尤吉歐學長見面的聲音，羅妮耶就再次忍著慢慢滲出的淚水，同時下意識中伸出右手。

不是劍士挑選配劍。而是由劍來選擇主人。不論什麼劍，只要灌注愛情，讓自己的心與其連結，就一定會回應自己才對。

羅妮耶的手就像被吸過去般，抓住從左邊數來第三把——有著與桐人頭髮極為相似的黑色皮革劍柄，白銀劍鍔與柄頭綻放出柔和光澤的長劍。全新的皮革劍柄給人有點堅硬的感觸，但灌注愛情來保養的話，手掌應該就能熟悉它才對。

吸了一口氣並且吐出之後，羅妮耶靜靜地把劍拿起來。

好重。沉甸甸的高密度存在感，從手指到手腕，再通過手肘、肩膀來到身體中心。

但那並非令人不快的沉重。自己有預感，只要像身為初等練士時所使用的白金橡木劍，

和自己一起撐過兩次戰爭的人界軍制式劍那樣，灌注愛情來使用它的話，總有一天能自由操縱它。

右手握著劍柄，左手放在劍身上感受劍的存在之後，就聽見一道沉穩的聲音問：

「……決定要這把劍了嗎？」

羅妮耶堅定地點點頭來回答亞絲娜的問題。

副代表劍士把其他三把劍收回劍鞘裡，重新掛回牆上的掛鉤之後，才繞過作業台站到羅妮耶左側。

「劍名就由羅妮耶小姐自己取吧。決定之後到管理部去，請他們登錄到騎士團的裝備清冊上。」

「好……好的。」

由於是首次持有必須登錄劍名的寶劍，羅妮耶多少有些困惑，但認為那也是持有者的義務後就點頭答應了。過去最高司祭亞多米尼史特蕾達似乎會隨意製造、破壞，賜予以及回收神器，但現在中央聖堂內的武器、防具與裝飾品等已經全部登錄在清冊上確實地加以管理。

亞絲娜微笑著對羅妮耶回點了一下頭，接著把視線移向羅妮耶的左腰。

「那把劍妳有何打算？要還給人界軍的話，可以明天送回給司令部。」

「咦，啊……這個嘛……」

這出乎意料的提議，讓羅妮耶不由得開始吞吞吐吐。

平常總是掛在左腰的制式劍，所有權雖然屬於羅妮耶——打開史提西亞之窗，就能看見表示持有者的神聖文字「P」——但按照人界守備軍的軍規，這終究只是借貸物。當更新武器而不需要原本的武器時，就必須還給軍隊。

這把劍的劍柄皮革與劍鞘都保持素材原本的深茶色，雖是沒有任何精細作工的實用外型，不過是使用了南方特產的庫羅伊斯鋼，優先度高達25的好劍。製作費也絕對不便宜，由於羅妮耶相當勤於保養，目前也殘留著許多天命。

而且本來一年前被任命為騎士見習生的時候就應該更換成騎士團的制式劍，但當時每個人都相當忙碌，事情也就延遲了。另外羅妮耶與緹潔也相當喜愛自己的劍，所以就這樣一直使用著。

但現在副代表劍士已經下賜了新的配劍，所以是該做個了斷的時候了——只不過……

「……………………」

當她右手握著新劍，左手觸碰著制式劍的劍柄時，亞絲娜就點頭表示：

「我能了解妳的心情。我當初也不願放棄一開始使用的愛劍，讓桐人相當困擾。」

「咦……」

羅妮耶驚訝地直盯著副代表的臉看。

「亞絲娜大人也是……？那是在現實世界的事情嗎……？」

「嗯……有點不太一樣。很久以前，我和桐人在不是現實世界也不是地底世界的地方一起戰鬥。正確來說……是桐人教了什麼都不懂的我如何戰鬥。」

「像神明一樣強的亞絲娜大人也有那種時候嗎……」

「那是當然啦，不過我不是神明，跟羅妮耶小姐一樣是人類……只是個普通女孩子。」

發出輕笑聲的亞絲娜，臉龐卻美得不像普通人類，一瞬間瞇起眼睛的羅妮耶又問道：

「那個……亞絲娜大人最後怎麼處理一開始使用的劍呢？」

結果亞絲娜就像在懷念那把劍的觸感般低頭看了一下右手手掌，才抬起頭來回答：

「在桐人的建議下，把劍融成了鑄塊……就是變回金屬條，然後作為新劍的素材。他說這麼一來就能繼承劍的靈魂……那個人對於劍倒是有些感傷的部分。」

「呵呵呵……真的很像桐人學長。」

兩人竊笑了一陣子後，亞絲娜才呢喃了一句「但是……」。

「剛才的經歷沒辦法幫到羅妮耶小姐吧……也不能把人界軍的劍熔掉，而且妳已經拿到新劍了……」

「……不，聽了剛才的經驗後我已經下定決心了。我要將這把劍還給人界軍。」

把新劍放回作業台之後，就從劍帶的扣環把制式劍連同劍鞘拿下來，以雙手遞給亞絲娜。

「真的沒關係嗎……？我想拜託莉娜小姐的話，應該就能繼續持有它才對……」

「不，真的沒關係。從很早之前就知道這把劍對我來說已經太輕了……我想接下來一定還會有人需要它才對。」

「我知道了，那我明天就把它送還給人界軍司令部。」

小心翼翼地接過制式劍後，亞絲娜就把它掛在自己的腰部右側。就算人界軍的制式劍相當輕，加上左腰上的神器「燦爛之光」後應該也有相當的重量，但當她踩著完全感覺不到重量般的腳步回到作業台另一側後，就把放在該處的黑色皮革上加了銀飾的劍鞘遞過去。

低頭行禮並且把劍鞘接過來的羅妮耶，把劍收回劍鞘之後就以扣環扣到劍帶上。當全身感覺到新的重量時，亞絲娜突然挺直背桿，筆直地凝視著羅妮耶說：

「……羅妮耶小姐。桐人就拜託妳了。」

「啊……好……好的！」

雖然有點結巴，最後還是確實地回答，羅妮耶接著又行了個騎士禮。

「整合騎士見習生羅妮耶·阿拉貝魯，將賭上自己的性命來保護代表劍士閣下！」

對羅妮耶回了正式的騎士禮後，亞絲娜就露出輕柔的微笑。

「不要賭上自己的性命。兩個人能平安無事地回來當然是最好，不過桐人如果要妳快逃的話就要確實地逃走喲。」

感覺到這句話裡頭包含的情感波動，猶豫著是不是該放下雙手的羅妮耶還是開口問道：

「……那個，亞絲娜大人其實是想自己與代表劍士同行吧……」

「是有那麼一點啦。」

雖然是帶著開玩笑口氣的回答，但那應該就是亞絲娜的真心話吧。但副代表劍士輕輕搖頭之後，就在羅妮耶開口之前搶先繼續說著：

「現在我跟桐人沒辦法兩個人都離開聖托利亞。每天必須決議的案件都堆得像山一樣高，而且舊上級貴族對於人界統一議會的不滿一時三刻也不會消失……」

「……真的很抱歉……」

一反射性低下頭來，亞絲娜就先眨了幾下雙眼，然後才笑著搖頭說：

「羅妮耶小姐完全沒有必要道歉喔。」

「但是……我也是貴族出身，在成為桐人學長的隨侍之前，對於人界的貴族制度從未有過任何的質疑……」

「但是，羅妮耶小姐和緹潔小姐的父親一直在衛士隊與行政府裡從事重要的工作吧？和強迫私人領地裡的領民從事重勞力工作，自己每天遊山玩水的大貴族完全不同。」

「…………」

羅妮耶保持著沉默，這次則是帶著謝意再度低下頭來。

舊帝城目前依然聳立在跟中央聖堂有些距離的山丘上，裡頭仍設置著帝國行政府與帝國衛士廳本部，父親與戰爭前一樣擔任衛士隊的小隊長。

但過去居於衛士隊之上的近衛騎士團卻完全遭到解體，衛士廳的大部分機能也移交到索爾緹莉娜・賽魯魯特將軍率領的人界守備軍手上。將來殘留在四帝國的衛士隊也將全部統合為守備軍，而且也計畫縮小軍隊的規模。雖然對暗黑界威脅已經消失的現在來說，這也是理所當然的事，但羅妮耶也不知道那個時候父親是不是還能保留原來的職位。

就算更換部隊內部的配置或者轉調為行政職，個性一板一眼的父親一定也會確實盡自己的義務。羅妮耶也認為……父親和因為私人領地解放令而喪失龐大不勞而獲的收入，即使在行政府與人界軍工作，也要脾氣不肯盡忠職守的大貴族不同。

但是父親，以及羅妮耶本身的心中說不定都還殘留著「自己是貴族，和一般平民不同」的意識。只要祖先代代流傳下來的階級意識沒有消失，羅妮耶與阿拉貝魯家的人們在本質上就跟那些上級貴族沒有兩樣。

「亞絲娜大人，乾脆……」

羅妮耶好不容易才把快要脫口而出的話給吞了回去。

乾脆把貴族制度整個廢除吧，不要只是廢止爵士等級而已。

雖然這麼想，但那不是以成為整合騎士這個人界最高位階為目標的自己應該說的話。而自己絕對不願意捨棄想成為騎士的心情。獲得光榮的騎士編號、白銀鎧甲以及飛龍，一輩子在桐人手底下工作……這就是羅妮耶唯一的夢想。

面對歪著脖子催促她繼續說下去的亞絲娜，羅妮耶只是輕輕搖頭回答：

「沒有啦……那個，如果可以的話，能不能也讓緹潔選擇跟這把差不多等級的劍……？因為她也一直使用人界軍的劍……」

「嗯，我本來就有這種打算，所以也取得讓緹潔小姐選擇武器的許可了。」

「那太好了，謝謝妳。」

忍不住浮現「希望緹潔也能藉此甩開過去束縛……」的想法，但羅妮耶隨又想著「自己也沒有資格說這種話」。

兩人離開光素照明開始變淡的武器庫時，晚上七點的鐘聲正好響起。

在帳面簽上離去時刻的亞絲娜，表示要前往二樓的庶務部就走下大樓梯。再次變成獨自一人的羅妮耶，往上透過武器庫正面的大窗戶看著略泛紫色的夜空，接著呼出一口氣。

只就讀短短半年的修劍學院，規則是必須在七點之前吃完晚餐，沒有正當理由就遲到的話，當天晚上就得餓肚子。但中央聖堂當然沒有這種規定，十樓的大食堂開放到晚間九點，在那之前隨時都能吃到熱騰騰的料理，九點之後食堂旁邊的大廚房也會放置做好的輕食。

今天到處奔波，而且發生了許多事情，理論上肚子應該已經餓了，但不知道為什麼就是不想立刻去用餐，於是羅妮耶就先回到自己的房間。

平常如果要回到中央聖堂二十二樓自己的房間都是搭自動升降盤，但今天則為了早點習慣新劍的重量而選擇了爬大樓梯。

將近兩年前，從地下監牢逃走的桐人與尤吉歐，似乎就是一邊和整合騎士戰鬥一邊從這條樓梯一路爬到五十樓。雖然完全沒有留下劇烈戰鬥的痕跡，但羅妮耶就帶著想追逐當時那兩個人的心情拚命往上爬，最後在呼吸有點急促的情況下到達二十二樓。

自己的房間在通道略為前方的右側，由於仍是見習生所以是和緹潔同居的兩人房，不過目前室內看不見搭檔的身影。心想她應該是去用餐的羅妮耶，隨即穿越共用的客廳進入自己的寢室。

不知道是什麼樣的偶然，兩間寢室共用一個客廳的構造與過去桐人和尤吉歐生活起居的上級修劍士宿舍完全相同，寢室的部分則是這邊寬敞許多。在進入修劍學院就讀之前，度過孩提時期的老家房間更是不到這裡的一半，對於羅妮耶來說，過於寬敞會讓人有點心慌，所以花了一些時間湊齊了自己喜歡的家具，更換好幾次擺設之後，現在已經是個相當舒適的空間。

進入房間往右轉的牆壁深處是面對東聖托利亞的大窗戶，左手邊是床鋪與衣櫥，右手邊則是一張小桌子。而窗戶另一邊的牆壁上則設置了跟武器庫一樣的掛勾。走向該處，解下腰間的劍靜靜掛上去之後，黑色皮革劍鞘就順利融入具備許多暗茶色家具的室內。

「我會好好想一個適合你的名字。」

對著劍這麼呢喃完，羅妮耶就脫下灰色輕裝鎧甲，把它套到掛勾右手邊的鎧甲架上。雖然很想直接讓一口氣變輕的身體直接躺到床上，但還是忍耐了下來。為了明天的長途旅行，必須確實打包行李才可以。

桐人表示行李最多只能帶一個騎士團配給的中型包包，所以需要嚴格挑選。以今年十七歲的女孩子來說，當然希望盡可能多帶一些替換的衣物，但這次不是一般旅行，而是以護衛的身分與桐人同行，所以應該以醫藥品與術式媒體為優先。首先調查手邊的媒體，不足的部分得到管理部去進行補充，不過在那之前——

「……先去洗澡吧……」

呢喃完，羅妮耶就準備了替換的貼身衣物並離開房間。

中央聖堂的二十樓到三十樓是居住區，每一層都準備了浴室，羅妮耶和緹潔平時都是在這裡入浴。但偶爾……尤其是在長時間離開中央聖堂的前一天，無論如何都會想到那裡去。

走過環狀通道來到樓層最北邊的升降洞。把帶著刻度的把手對準最上方的九十樓並且按下金屬鈕後，填充於升降盤下部密封罐的風素就解放需要的量，讓羅妮耶一口氣往上升。

數十秒後，升降盤緩緩減低速度，最後穩穩固定下來，接著羅妮耶就打開金屬門。

一來到外面就有一條短短的通路由正面往左右兩邊延伸。而分歧點前方有一塊純白的布從天花板垂下來，不可思議的是那塊布上還以勁道強弱明顯的字體寫了大大的黑色「湯」字。

這垂掛的布是在桐人代表劍士的要求下掛上去，字似乎也是他親自提筆所寫，不過沒有人知道究竟有何目的。聽說唯一可能知道意思的亞絲娜副代表也只是浮現傻眼的笑容，同時一直保持著沉默。

因為每次走上這條通道都會浮現的疑問歪起脖子，抬起下半部裁剪成詩籤狀的「湯」字布簾鑽過底下後就來到分歧點。結果左右立刻又出現同樣意匠的布簾。

右側掛著的藍色布簾上以白色文字寫著「男」。左側胭脂色的布上則寫著「女」。

這邊表示的意思就能夠理解——為什麼要寫在布上依然是謎團——於是羅妮耶就鑽過寫著「女」的布簾進到裡面去。通路轉往右方，前方不遠處就是一間比較寬廣的房間。

將龐大架子當成隔牆來使用的房間內並非無人，三名女性術師罩著一件東方風的薄衫，坐在牆邊的藤椅上擦拭著濕濡的頭髮。她們一注意到羅妮耶就準備起身，羅妮耶急忙以雙手阻止了她們。

女性們雖然將已經抬起的腰部緩緩放下，但還是各自禮貌地低下頭來向羅妮耶打招呼。

「晚安，騎士大人。」「您好，騎士大人。」

「晚安。」

羅妮耶也確實彎下腰來向對方打招呼，然後立刻往房間的相反方向前進。進入架子的遮蔽處才鬆了一口氣。雖然不是最近才成為騎士見習生，但實在沒辦法習慣年長的同性以尊敬的態度對待自己。可以確定的是，自己即使正式敘任為騎士，也一輩子沒辦法表現出像法那提歐團長那樣威風凜凜的態度。

迅速脫下衣服，把帶來的替換衣物一起放到架上的籃子裡後，羅妮耶就用白色毛巾擋住身體前方，推開深處的玻璃門。

下一刻，純白水蒸氣便湧了過來，羅妮耶急忙往前跨出一步並關上門。

水蒸氣散去，出現在後面的是不論看多少次都令人著迷的光景。

使用了中央聖堂九十樓一半面積的廣大空間。地板與柱子都是純白的大理石製，南面與東面的牆壁是一片大玻璃，由該處可以將央都聖托利亞的夜景一覽無遺。光是這樣就已經比舊帝城的皇座房間還要奢華，但真正驚人的是把樓梯狀逐漸往下的地面填滿的大量熱水。

南北向細長的房間深約四十梅爾，寬度則是二十五梅爾左右。周圍通道的幅度是二梅爾，從該處到地板的深度是一梅爾，所以大致上可以算出熱水的總量是八百七十四立方梅爾，以液體的單位「利爾」來表示的話，就是八十七萬四千利爾這樣的龐大數字。而且這裡與隔著大理石牆的西側——也就是寫著「男」字布簾的另一側是完全左右對稱的構造，所以整體的熱水量還要乘以二。

這個地點，正是桐人所說的「中央聖堂最奢侈設施」的大浴場。

異界戰爭前僅僅只有三十名整合騎士能使用這個地方，中央也沒有牆壁存在，似乎經常發生只有一個人泡在比現在加倍寬敞的浴池中這樣的情形。不過隨著組織重整，大浴場也開放給中央聖堂的所有術師與職員使用，同時也分為男性用與女性用的浴池。

目前也大約有二十人左右正在入浴當中，由於浴池就像湖泊一樣寬敞，所以完全沒有擁擠的印象。但羅妮耶還是走向人較少的東南方角落，緩緩讓腳尖沉進透明的熱水當中。一開始雖然覺得燙，不過立刻就能習慣，於是走下階梯狀的大理石，坐在最後一階樓梯上。

讓脖子以下浸到熱水裡之後，在居住區一般大小的浴池裡絕對嘗不到的開放感就讓腦袋深處一陣酥麻，讓羅妮耶忍不住就發出了聲音。

「哈呼…………」

「哎呀，大浴室真的很棒吧。」

「就是說啊……」

忍不住點頭後才猛然睜開眼睛。不知不覺間已經有人坐在左手邊。

蔓延在水面的蒸氣中斷，該名人物露出臉來的瞬間，羅妮耶就再次整個人往後仰。

來者有著濕濡髮尖貼在後頸的短茶色頭髮，以及圓滾滾的淡藍色眼睛。那宛如小孩子般纖細的身軀就坐在比羅妮耶高一階的樓梯上——應該說外表看起來原本就是十歲左右的少女，但內在絕對不像外表這樣天真無邪。

「晚……晚安，費賽爾大人。」

像待在脫衣室那些術師一樣以僵硬的口氣打過招呼後，少女就用指尖彈著水面如此回應：

「不用加大人兩個字啦。羅妮耶的年紀比我大啊。」

「但……但是，費賽爾大人是正騎士……」

「唔~感覺這樣的對話已經重複一百多次了。」

讓伸直的身體浮在水面上，雙腳啪嚓啪嚓踢著水的少女，名字叫作費賽爾·辛賽西斯·推尼奈。

異界戰爭的時候還是「具備編號的見習生」這種特殊的地位，之後順利晉升為貨真價實的整合騎士。擁有配合體格製作的白銀鎧甲與名為「閒割」的飛龍，最近主要是在人界各處飛翔來執行偵察任務。

「費賽爾大人，最近好一陣子沒看見妳了，是又去出任務了嗎？」

聽見羅妮耶的問題，費賽爾就把嘴沉進熱水裡並點點頭。

「嗯，西帝國的近衛騎士團殘黨最近有奇怪的舉動，所以我過去查探。應該說里涅爾還在那邊，只有我先回來報告和補給。」

「那真是辛苦妳了……西帝國的阿魯達列斯·威斯達拉斯五世，是四皇帝中唯一一名沒有發現遺骸的吧……和這件事情有關嗎？」

「嗯～西帝城因為法那提歐大姊姊的記憶解放術整個燒燬了。雖然不認為已經是老爺爺的西皇帝能在那場爆炸中活下來，但可能有些傢伙想營造出他還活著的假象。」

邊讓水面浮出泡泡邊說出的話，實在不像來自於十歲的孩子，但已經無法確認費賽爾的年紀是不是符合她的外表。在中央聖堂出生的她和搭檔里涅爾・辛賽西斯・推尼耶特雖然沒接受「合成祕儀」，但聽說最高司祭亞多米尼史特蕾達任命兩個人為整合騎士見習生時，不知道為什麼已經實施了原本應該等到天命到達最大值才會行使的天命凍結術。也就是說，兩個人會維持這種歲數的外表——應該說不會再成長了。

只要想到這一點，羅妮耶不知道為什麼就有想緊緊抱住費賽爾的心情，不過從未加以實行。除了對方是身分高於自己的正騎士之外，還有一部分是因為聽過見習生卻擁有編號的原因是殺了之前這個編號的騎士、以毒劍痲痺桐人與尤吉歐想割下他們的頭、異界戰爭時兩個人殲滅了大半侵入人界守備軍後陣的哥布林部隊等等恐怖的傳聞。像這樣直接說話的話實在沒有什麼恐怖的地方，但絕對是必須經常帶著敬意與其相處的對象。

「對了，羅妮耶。」

忽然被叫到名字的羅妮耶在熱水裡挺直了背桿。

「是……是的。」

「我聽說了喲～」

依然漂浮在水面的費賽爾咧嘴露出笑容。

「妳要跟隨桐人到黑曜岩城去啊？」

「咦，這個嘛……」

桐人與羅妮耶前往黑曜岩城也算是祕密任務，但是認為隱瞞中央聖堂最厲害的情報員也沒有用，於是她便點了點頭。

「……是的，確實如此。」

「禮物的話，帶給我暗黑術師公會的祕藥組合就可以了～」

「…………我……我盡量想辦法……」

「啊哈哈，開玩笑的啦。」

露出與年齡相符的無邪笑容後，費賽爾就坐到高一層的階梯上，然後將視線朝向玻璃窗外面。

跟著她看往相同方向，就發現東聖托利亞市街區的燈火宛如星星般在黑暗底部閃爍著。在傳統木造建築較多的東聖托利亞裡，使用的不是油燈而是紙糊或者薄板製的燈籠，所以街頭的亮光帶著某種柔和的色澤。

距離這些亮光遠達七百五十基洛爾的前方聳立著「東大門」，暗黑界的首都黑曜岩城又距

離該處兩千基洛爾以上。在修劍學院裡學習到，這名字是以古代神聖語來表示「黑曜石之都」的意思，不過似乎就連教師都不清楚由來。

雖說親眼所見應該就能了解，不過當她事到如今才被「說起來自己真的要到那種盡頭之地嗎」的感概囚禁時——

「到那邊去的話……」

費賽爾就丟出這樣的呢喃，於是羅妮耶就把視線移回年幼的前輩騎士身上。

「什麼……？」

「嗯……戰爭已經結束了，或許只是我想太多……」

附近沒有其他人，而且迅速從牆壁出水口落下的熱水聲應該會讓任何人都聽不見她們之間的談話，但費賽爾還是把臉靠過去並一臉嚴肅地輕聲表示：

「在黑曜岩城要睜大眼睛，仔細地注意四周喲。」

「好……好的……」

「就算締結了『五族和平條約』，暗黑界依然受到『力量鐵則』所支配。目前那邊最強的是融合派的伊斯卡恩總司令官，另外謝達大人也在那裡，表面上來看抑制力是相當充足……但即使是被禁忌目錄與人界基本法等條款重重束縛的這邊，也還有從條文中找出漏洞，或者按照自己高興來解釋條文的惡劣傢伙。暗黑界是遵從比禁忌或法律還要曖昧的『鐵則』，所以躲藏著更惡劣的傢伙也不是什麼不可思議的事。」
聽見費爾賽的話，羅妮耶就被熱水溫度稍微下降了般的感覺襲擊。當她的身體忍不住抖動了一下時，費賽爾就伸出右手來拍拍她的頭。
「抱歉抱歉，不是故意要嚇妳的。」
「不會，沒關係的。我會把這些提醒牢牢記在心中。」
「嗯，羅妮耶回來的時候，我們的任務應該也結束了，到時候約緹潔一起來舉行慰勞會吧。」
「好的，請務必讓我們參加！」
羅妮耶點完頭，費賽爾就露出燦爛笑容站起身來。
「那我先出去了～」
羅妮耶再次對輕輕揮了揮右手，就啪噠啪噠踩著大理石地板離開的少女騎士低下頭。
費賽爾的騎士編號是二十九號，三十號是「金木樨之騎士」愛麗絲，不過她在異界戰爭快結束時前往現實世界去了，三十一號「霜鱗鞭」艾爾多利耶則為了保護愛麗絲而殞命。兩個人的編號目前都退休了，所以如果羅妮耶和緹潔被任命為正騎士，一個將會是三十二號，另一個則是三十三號。
自己確實迫不及待地希望那一天到來，但同時也不由得感到呼吸困難，這一定是因為自己尚未做出覺悟的緣故。像連利那樣的上位騎士就不用說了，現在的羅妮耶不論是劍技、術力與心靈的強度，都遠遠不及外表像小孩子的費賽爾與里涅爾。

一步一腳印。

即使速度緩慢，也要一步步前進。每天毫不鬆懈地鍛鍊，真摯地持續學習，總有一天能抵達目標的地點。

「…………羅妮耶・辛賽西斯・薩提斯里…………」

不知不覺地呢喃完這個名字之後，羅妮耶才急忙環視周圍。明明沒有被任何人聽見，卻因為過於可恥而連頭都潛進熱水裡，在無法呼吸之前都不停地咕嘟咕嘟吐著水泡。

6

隔天二月十九日的拂曉。

中央聖堂用地內，西邊角落的巨大飛龍廄舍裡，羅妮耶專心地撫摸著愛龍月驅的脖子。

年紀仍小的月驅以喉嚨發出「咕嚕嚕嚕……」的聲音瞇起眼睛，不過這除了舒服之外，有一半純粹是因為還想睡的緣故吧。不只是幼龍，連靠在銀製欄杆上的緹潔也晃動紅髮打著瞌睡。昨晚明明想早點睡卻一直無法入眠的羅妮耶，就讓緹潔陪著自己在客廳裡閒聊著各種話題。

明明每天在一起將近兩年的時間了，很不可思議的是依然有聊不完的話題，不過好朋友就是這樣吧。桐人與尤吉歐在離開北邊的盧利特村，一路旅行到央都，進入修劍學院就讀並且成為上級修劍士為止應該也花了好幾年的時間，但兩個人總是很開心地聊天，或者是因為劍技而發生論戰，有時甚至連沉默都能很舒服般共享。

現在緹潔正站在人生重要的分歧點上，不論她是接受或者拒絕騎士連利的求婚，都希望她能一直是自己最好的朋友。

「……那麼月驅，我要出發了。要好好聽緹潔的話，做個乖孩子喔。」

羅妮耶一站起來，幼龍就抬起脖子來發出「啾嚕」的回答聲。

和終於清醒了的緹潔一起移動到聖堂後方的工廠，就看到機龍二號機已經被拖到地面的石頭地板上。

不像一號機一樣垂直聳立，而是和在倉庫裡一樣以三隻腳水平放在地面上。仔細一看之下，腳的前端並不像真正的飛龍那樣長了鉤爪，而是安裝了車輪。

頭部附近可以看見桐人、亞絲娜、法那提歐以及薩多雷工廠長的身影，此外還有另一名年紀與自己差不多，身穿工廠作業服的女性側身站著，把手貼在機體上詠唱著神聖術。注意到那是生成風素的式句後，羅妮耶就把臉靠向在身邊幫忙拿包包的搭檔。

「緹潔，那個女孩子不會就是……」

「啊，嗯，是啊。就是升降盤自動化之前操縱它的女孩子。」

「這樣啊……長得很可愛呢。」

「我也這麼認為，不過聽說那個女孩子跟迪索爾巴德先生一樣長命喔。」

「這……這樣啊……」

在稍遠處停下腳步進行這樣的對話時，桐人就注意到她們的存在並朝她們揮手。

「喂，羅妮耶、緹潔，這邊這邊。」

「啊……好的，學長早安！」「學長早安！」

兩人一邊打招呼一邊走過去。

雖然天空仍然陰暗，但在室外看見的機龍二號機卻比想像中還要巨大。不只有兩個操縱席，左右兩邊的翅膀也像真正的飛龍那麼長，臀部的噴射口也相當大。全長比一號機增加了四成，也就是七梅爾左右。

一想到「要搭乘這東西嗎」就忍不住緊張了起來，但由於是自己提出的要求，所以也無法退縮了。原本羅妮耶的腦袋就快要想起一號機最後的下場，強行把記憶壓回去後，就在桐人與亞絲娜面前稍微低下頭來。

「抱歉，我來遲了。」

「沒有啦，還有十分鐘才到五點喔。」

明明四點半的鐘聲已經響過一陣子，卻能夠斷言現在時刻的桐人，視線瞄了一眼羅妮耶左腰上的新劍，然後微笑著說：

「羅妮耶，護衛的工作就拜託妳了。」

「好……好的！」

羅妮耶差點就說出「竭盡生命也在所不惜」，這時又想起亞絲娜昨天晚上的話。結果脫口而出的是……

「我……我會加油！」

這種像小孩子一般的發言，讓桐人與亞絲娜也再次笑著點了點頭。

羅妮耶也和法那提歐與薩多雷打完招呼，就從緹潔那裡接過行李。中型包包裡面塞滿了物資與衣物所以相當沉重，當羅妮耶想著「究竟要把它放在機龍的什麼地方……」時——

「桐人先生，風素的填充結束了。」

就聽見背後傳來這樣的聲音，於是羅妮耶與緹潔便同時回過頭去。聲音的主人是之前負責操縱升降盤的少女，她那跟工廠的作業服比起來，更適合教會的修道服，甚至是貴族禮服的夢幻美貌，讓人忍不住看得痴了。

「謝謝妳，艾莉。真是幫了我一個大忙。」

聽見桐人的慰勞後，名為艾莉的少女表情沒有任何變化就行了個禮，接著便退到薩多雷身邊。

下一刻，聖堂的鐘就演奏出上午五點的優美旋律，而桐人則是用力拍著手說：

「那差不多該出發了！羅妮耶，行李交給我吧。」

把包包遞給伸過來的手後，桐人就打開機龍側面的一扇小門，把包包塞進放行李的空間內。看他完成這個工作，羅妮耶與緹潔才緊抱了一下對方。兩個人之間根本不需要開口，羅妮

耶「那我去去就來」的意識，以及緹潔「要平安回來喔」的意識瞬間在兩人之間交換。

移開身體，凝視著好友的臉龐再次點了一下頭後，羅妮耶就移動到桐人等待著的機龍前端部。桐人催促她爬上從地面延伸到頭部為止的梯子，戰戰兢兢地照著做後，就看見前後並排著兩張椅子的橢圓形小房間。

由於前方椅子的椅背倒了下來，所以羅妮耶解開腰間的長劍後才把身體塞進後面的椅子上。雖然是在金屬框架上鋪上皮革的簡樸椅子，但使用了大量極富柔軟性的珍貴大赤角牛皮革，所以坐起來還算舒適。

桐人隨後就爬上梯子，把椅背調整回原來的角度並坐進前方的椅子。薩多雷動手把梯子移走，桐人轉動手邊的把手放下玻璃製頂罩，喀嚓一聲關緊。

心臟突然開始急速跳動的羅妮耶吞了一大口口水。

雖然月驅因為年紀還小而不會飛行，不過也同乘過幾次連利的風縫、費賽爾的閒割以及里涅爾的鄙消。最初的一兩次果然很害怕，但破風飛翔的快感立刻就蓋過恐懼。雖然自認為對於空中飛行沒有恐懼感，但想到搭乘的是大部分由金屬製成的龍，而且並非坐在背上而是關在內部來飛行，不對勁的感覺就變得比期待更加強烈。說起來，它根本沒有能拍動的翅膀，起飛的時候也就算了，到時候該如何回到地面呢？

羅妮耶再次忍不住想起一號機爆炸的光景，身體抖動了一下後才突然發現某件事。

「那……那個，桐人學長。」

「嗯？怎麼了？」

前座的代表劍士傳來悠閒的聲音，羅妮耶則是用上半身靠近對方問道：

「這隻龍也跟之前的一樣，是解放熱素來飛行吧？」

「是啊。」

「這麼一大清早，要是跟之前一樣發出巨大音量來飛行於天空，將會嚇到央都的人民，引起一陣大騷動吧……？」

「應該會吧……」

點了一下頭後，桐人才又做出有點難以理解的發言。

「但是，這裡的跑道本來就不夠長，所以沒辦法水平起飛。所以很可惜的是，二號機的起飛與降落都得作點弊才行。」

「作……作弊……的意思是……」

聽見這個問題，桐人的側臉只是咧嘴露出笑容而沒有直接回答，接著便緊握設置在椅子前方的兩根金屬棒。他的手開始出現淡淡光芒，羅妮耶則是屏住了呼吸。

那不是素因的光芒。桐人與世界的常理直接連結的意志力，變成了肉眼可視的亮光。也就是心念的光輝。

鋼鐵機龍宛如生物一樣開始震動。下一刻，身體產生一口氣被抬起來的感覺。

羅妮耶急忙透過玻璃頂蓋看向外面。灰色石頭地板，以及用力揮手的緹潔與亞絲娜等人的身影逐漸遠去。桐人以心念的力量，讓整隻巨大機龍往上升。

心想「這確實很作弊」的羅妮耶也朝地上揮了揮手。送行的人們隨著上升速度增加而越變越小。最後白色晨靄遮住了他們，工廠北側的一大片薔薇園與聖堂的白牆進入視界當中。

放下手並把臉望向前方，就看見黎明前的深藍色天空無限延伸。微微染上暗紅色的地平線，美麗到讓羅妮耶說不出話來。

到達與中央聖堂九十樓大浴場同樣的高度時，機龍就停止上升開始水平前進。彷彿滑過水面般的加速與飛龍強力的振翅完全不同。除了低吼的破風聲之外什麼都聽不見。這樣的話，只要不抬頭一直看著黎明的天空，聖托利亞的市民應該就不會注意到了吧。

擔心的事情才剛解決一件，腦袋就又浮現另一件隱憂。

「……桐人學長，只用心念就移動這麼大的物體真的沒關係嗎？」

對前座如此詢問之後，就對不知道是否會擾亂桐人的集中而慌了手腳，但對方立刻用跟平常沒有兩樣的口氣回答：

「嗯，暫時沒有問題。不過要用這個力量飛離人界實在有點累人……」

「是……是這樣啊……」

羅妮耶再次對人界代表劍士難以估算的意志力感到驚嘆。

身為騎士見習生的羅妮耶也進行著心念的修行，不只是單腳持續站立在細長柱子上的「鐵柱孤立」，或者在空中產生素因並以意志力維持的「素因交感」等實踐型修行，就連只坐在地板上集中精神的「端坐無想」都一直無法進到下一個階段。

只不過，就連法那提歐與迪索爾巴德這樣的上位騎士，都把移動短劍般物體的「心念之臂」、揮出透明斬擊的「心念之劍」當成奧義了，所以桐人能自由讓搭載兩個人的巨大機龍飛翔的心念實在是超乎規格。

「……連學長如此強大的心念力量，都無法超越『盡頭之壁』嗎……」

羅妮耶一這麼呢喃，桐人就帶著苦笑點頭說：

「或許是修行不足的關係……但是，只有我能越過『牆壁』根本沒有意義。將來不是推出大型機龍的定期航班，就是製作聖堂升降盤那樣的構造，讓黑暗領域的……不對，是地底世界的所有居民都能自由往來才行。」

要在連高多少梅爾都不知道的「盡頭之壁」上安裝升降盤，羅妮耶一邊再次對桐人這樣的想法感到茫然，一邊眺望著窗外。

不知不覺間，機龍已經穿越東聖托利亞的市街區，眼下那一大片田野與草原上還殘留著前陣子剛下過的雪。目前還是相當單調的景象，但到了三月開始撒下小麥的種子時，大地就會覆蓋上一片新綠了吧。

想像了一陣子那樣的光景後，羅妮耶才再次開口提問：

「那個，學長……沒有必要強行越過『盡頭之壁』，只要讓黑暗領域的人們搬到人界來就可以了吧？人界還有許多未開拓的土地，我想應該能創造出不少田地與村莊才對……」

這次換成桐人沒有立刻回答她的問題。

最後才聽見他自言自語般的呢喃聲。

「如果所有人界的居民，都跟羅妮耶有同樣想法的話……」

「嗯……這是什麼意思……？」

「沒有啦……嗯，應該這麼說吧。我們推測現在人界的總人口大概有八萬兩千人左右。最近的報告當中，暗黑界的人口似乎也接近這個數字。人界的面積大約是一百七十七萬平方基洛爾，其一半以上是未開發的森林與原野，所以正如羅妮耶所說的，人口就算增加一倍以上土地也能夠負荷……我是這麼認為啦。」

桐人說到這裡，羅妮耶就因為主題之外的部分感到驚訝。

「咦……暗黑界的總人口有八萬人是真的嗎？這樣異界戰爭的時候，皇帝貝庫達從這些人口裡編制了多達五萬名的軍隊嗎……？」

「應該是這樣……法那提歐小姐說過，暗黑界只要能戰鬥者就是士兵，不過這樣真的很過分。但這一定是黑暗領域的貧瘠大地所形成的習俗。那裡是不戰鬥奪取資源就無法活下去的世界。」

這時候話題暫時中斷，桐人把身體靠到椅背上。或許是意識一瞬間中斷了吧，機龍稍微晃動了一下，但立刻就恢復穩定。

「……和暗黑界相同，人界的人們也有花了三百年所建構起來的集體意識。也就是，暗黑界的居民是恐怖的怪物，會越過盡頭山脈來擄取小孩與家畜。雖然開始交流事業，往來於兩個世界之間的觀光客與商人一點一點增加了，但人們的意識沒有那麼容易改變。即使以新的法律或禁忌加以束縛，還是無法消除本能上的恐懼與欲望……」

他帶著深沉憂慮的聲音，讓羅妮耶不知道該如何回答才好。

桐人雖然擁有讓鐵龍飄浮的心念力，甚至打敗最高司祭亞多米尼史特蕾達與暗黑界皇帝貝庫達，但他絕對不是神明。只是出生於不同世界，跟羅妮耶他們一樣會煩惱、迷惑與痛苦掙扎的一個人類。

不論受了多少傷都還是站起來，從消滅的危機當中拯救地底世界的桐人，其功績沒有受到正式的讚揚，同時現在也依然為了這個世界而奮鬥。他目前正致力於融合人界與暗黑界這個過去從未有人成功的遠大目標，雖然想助他一臂之力，但羅妮耶光是想像這條路有多凶險就已經耗盡心神，實在沒辦法提供任何建議。

雖然一頭熱地跟著他過來，但自己的同行說不定根本沒有意義……當這麼想的羅妮耶正要感到沮喪時，桐人就像感覺到她的心情一樣開口說：

「不過有羅妮耶跟我一起來真是太好了。因為那邊的小孩子初次和我碰面時都會感到害怕。」

「咦……是這樣嗎？」

「好像有各種謠言自己擴散了出去……唉，發生了那麼大的戰爭，這也是沒辦法的事啦……」

輕聲呼出一口氣後，桐人就像要轉換心情一樣以清晰的聲音說：

「好了，已經離開聖托利亞，差不多該從心念飛行切換成素因飛行嘍。」

「好……好的！」

用力點點頭之後，羅妮耶才對前座問道：

「那個，我該做什麼……？」

「這個嘛，像一號機試飛時那樣與素因保持交感狀態，快發生什麼問題時就告訴我。」

「了解了！」

聽見羅妮耶的回答，桐人就豎起右手拇指打了個信號，然後雙手重新握好兩根金屬棒。接著詠唱起神聖術的式句：

「System call，Generate thermal element。」

桐人的雙手發出紅光，不斷在似乎是中空的金屬棒內部生成熱素。這些熱素在心念操縱下在管子裡移動，到達機龍中央部分的密封罐。

就算是代表劍士，要同時以心念控制巨大機龍與微少的素因似乎也不是件容易的事，機龍再次晃動了起來。羅妮耶沒有想太多就探出身子把手放在桐人的雙肩上。

雖然沒辦法詠唱式句，但感覺空間神聖力在周圍捲動的流向稍微穩定了下來。機龍的晃動止歇，十個熱素確實地進入密封罐當中。

「謝謝妳，羅妮耶。」

桐人輕輕拍了拍羅妮耶的右手，緩緩吸了口氣才呢喃著：

「Discharge。」

密封罐中的熱素全得到解放，接著產生巨大的火焰。

火焰因為自身的壓力而從罐子噴往機龍後部。在途中與起飛前填充在其他罐子裡的風素混合、壓縮，宛如飛龍所吐出的火焰般，形成一直線奔流從最後方的噴射口迸出。

羅妮耶全身都因為強烈的加速而緊貼在椅子上，同時感到呼吸困難。

飄浮在窗外的雲立刻往後方流去。只比速度的話，桐人以風素飛行術從中央聖堂飛到南聖托利亞衛士廳時應該比較快，但這隻機龍現在幾乎沒有受到心念的控制。這也就是說，高位的術者經過訓練之後，說不定就能像桐人一樣讓它飛行了。

跟挑戰「盡頭之壁」比起來，說不定這件事情還比較重要……羅妮耶一瞬間有這樣的想法，但充滿狹窄空間的巨大噪音隨即把這樣的靈感趕跑。她拚命緊握著椅子的框架，放聲大叫著：

「學……學長！這隻機龍，目前是以多快的速度飛行？」

「嗯～這個嘛……」

桐人以感覺不出緊張的聲音回答：

「整合騎士的飛龍，最高速度大概是時速一百二十基洛爾，硬是要其長途飛行的話，八十基洛爾左右就是上限了吧。不過，這傢伙現在的時速應該有兩百五十基洛爾吧……」

「咦……比……比飛龍快了兩倍嗎？」

「使出全力的話，我想能夠到達三百基洛爾喔。但薩多雷老爹都說最多只能用八成力。」

這麼說著的桐人，手同時指向並排在椅子前方的幾個圓盤之一。裝設在上面的指針，的確在快抵達刻度上限的地方不停地震動。

「一……一個小時就能飛三百基洛爾……」

無法具體想像自己所呢喃的速度，羅妮耶只能不停地搖頭。

好不容易能理解的是，機龍繼續這樣飛行的話，半天就能抵達位於遙遠盡頭之地——遠在三千基洛爾之外的黑曜岩城。同時也理解沒有人能對以這種速度在這種高度飛行的機龍出手。

羅妮耶再次浮現「我跟過來真的有意義嗎……」的想法，同時任由身體隨著好不容易才習慣的震動搖晃。

越過盡頭山脈，持續在黑暗領域的紅色天空飛行了大約十五小時。

途中雖然休息了兩次，但是當屁股與背部終於開始疼痛時，桐人就用手指著前方。

「看見嘍。」

從桐人身後定眼一看，就發現早已沉入黑暗當中的大地彼方有了一些亮光。一開始只是微弱的小點，隨著距離越來越靠近而變化成無數的光亮聚合體。

「那就是……暗黑界的首都，黑曜岩城……」

以沙啞的聲音呢喃完，羅妮耶便詢問代表劍士。

「……桐人學長曾經去過那裡嗎？」

「嗯，只去過一次。而且是非公開的訪問，所以幾乎沒有參觀到城裡與外面的街道。」

「這次可能也差不多吧……」

或許是覺得羅妮耶的口氣聽起來有點遺憾吧，桐人轉過頭來咧嘴笑著說：

「錯了，這次不但非公開，我甚至沒跟伊斯卡恩聯絡喔。不過這樣反而比較有搞頭吧。」

「搞……搞頭……？」

羅妮耶深刻地感覺到每次和桐人一起行動就經常會出現的「不祥預感」，同時再次看向窗外。

機龍的速度雖然已經降到一半以下，但已經可以判別前方街道亮光的形狀了。

與劃分整齊的聖托利亞市街區不同，無數的亮光沒有任何規則性，聚集在一起後形成宛如上弦月的形狀。光亮後方則可以看到黑色岩山彷彿長槍般聳立於該處。

之所以連山上都有許多照明，完全是因為那正是皇帝貝庫達所居住的黑曜岩城。耗費龐大的歲月將巨大岩山挖成城堡的形狀，其雄偉的外觀似乎與公理教會的中央聖堂不分軒輊——但在這樣的黑暗當中只能看得見輪廓。

「剩下十公里左右吧……好，差不多該切換成心念飛行然後降落了。」

桐人的話讓羅妮耶驚訝地反問：

「咦，在這麼遠的地方就要降落了嗎？」

「嗯，搭著這傢伙突然就降落在城裡的話，一定會引起大騷動……」

如此回答的桐人，同時握著似乎名為「操縱桿」的金屬棒，以心念控制逐漸減弱密封罐內燃燒的熱素。充塞小房間（這個的正式名稱似乎是「駕駛艙」）的巨大噪音逐漸遠離，最後完全消失。

桐人的心念隨即強力撐起失去推進力後開始下降的機龍。雖然休息時已經經歷過降落的流程，但羅妮耶依然感到緊張，握住椅子框架的雙手也灌注了力量。

回到聖托利亞之後，拜託學長也在後面的座位安裝可以抓住的金屬棒吧……內心這麼想著的羅妮耶，同時承受著與中央聖堂升降盤不同的階段性降落感。最後機龍隨著輕微的衝擊靜止下來，桐人在前座伸了個大大的懶腰並表示：

「辛苦了，羅妮耶。從這裡開始用人力飛行喔。」

即使雙臂抱著兩把劍、大型與小型包包各一，以及羅妮耶這個大型行李，桐人還是以風素飛行術瞬間飛過十基洛爾的距離。在空間神聖力稀薄的暗黑界，能維持穩定飛行的最長距離似乎就是十基洛爾。

在飛行中當然會緊貼著桐人，雖然一開始確實心跳加速，但是被手臂夾在身側的姿勢完全就是像行李一樣，因此也扼殺了許多臉紅心跳的感覺。

再次著地時，兩人已經來到通往黑曜岩城外城鎮的寬廣街道上。從石頭地板像經過打磨般平滑來看，就能知道白天一定有許多人類、亞人以及馬車往來於此，但應該超過晚上十點的現在，當然沒有任何人影。

平常羅妮耶也差不多是在這個時間點就寢，所以腳一碰到地面的瞬間，加上長途跋涉的疲勞後變得更為強烈的睡意就襲上心頭，但她還是用力甩甩頭撐了下來。護衛的任務接下來才要正式開始——

內心雖然這麼想。

「那我們趕快找住的地方吧。」

桐人卻一邊把夜空之劍掛到左腰上一邊這麼說道，於是羅妮耶只能不斷眨眼來回應他。

「咦……不……不是要到城裡去嗎？」

「現在城門一定已經關了，而且伊斯卡恩他們應該也睡了吧。這種時間偷闖進去的話，如果被衛兵發現，一定會被認為是暗殺者喔。」

「……確實如此……」

為了對應殺害在南聖托利亞的旅館擔任清潔員的椏贇，並且想把這個罪過推給山岳哥布林族年輕人歐羅伊的謎之殺人犯而遠路迢迢橫越地底世界，要是自身反而被誤認為暗殺者的話可不是開玩笑的。

「我知道了。不過，我們兩個一看就是人界人，真的有旅館會毫不懷疑就……」

在說出「讓我們投宿」之前，桐人就把手伸進自己的皮袋，取出某樣小小的物體。藉著街上微弱的照明定眼一看，似乎是裝了軟膏的連蓋小瓶子。

「那麼羅妮耶，失禮了……」

嘴裡這麼說著的桐人打開小瓶子的瓶蓋，用手指挖出內容物。當羅妮耶不清楚對方要做什麼而把臉靠過去看的瞬間——

「嘿呀！」

桐人的手就迅速靠近，在羅妮耶臉上塗了某種黏黏的東西，讓她忍不住發出悲鳴。羅妮耶因為過於驚訝而整個人僵住，結果桐人就以雙手把黏黏的東西塗滿她整張臉。從臉頰到額頭、耳朵，甚至連下巴都塗過一遍，桐人才退後一步，認真地盯著羅妮耶的臉看並點了點頭。

「嗯，很不錯。」

「…………這……這是在做什麼啊……」

雖然用右手手指擦了一下自己的臉頰，但黏糊糊的感觸已經消失，指尖也沒有沾到任何東西。桐人只露出滿意的笑容而沒有直接回答，再次從小瓶子裡挖出軟膏狀物體後，換成塗抹自己的臉孔。他和在諾蘭卡魯斯出生的羅妮耶與緹潔相比膚色算比較深，但以人界人來說算普通的白色肌膚立刻染上了黑色。

短短幾秒鐘，桐人的臉已經變成讓人聯想到咖啡爾茶的顏色。這樣就像薩查庫羅伊斯人，不對，是像暗黑界人了……想到這裡，羅妮耶才終於了解是怎麼一回事。

「啊……這……這是要變裝成暗黑界人嗎？」

「沒錯。我和羅妮耶的髮色都很深，現在又是冬天，我想只要改變顏色應該就看不出來了吧。」

聽見對方這麼說，事到如今才注意到自己臉上也塗了色的羅妮耶，再次用雙手按住臉頰。看見這種動作的桐人，就在帶著笑容的情況下說著「別擔心，還滿適合妳喲」，羅妮耶感覺手掌底下的臉頰瞬間變得火熱。

「學……學長，這能洗得掉吧？」

為了掩飾害羞而以稍微尖銳的聲音這麼問，桐人就露出慌張的神色並點了點頭。

「那……那是當然了。藥師庫特可尼說經過八個小時就會自動消失了。」

「自動……不知道材料是什麼喔？」

「感覺還是不要知道比較好喲。」

唯唯諾諾地回答完，桐人就再次伸手把羅妮耶凌亂的頭髮整理好，接著把視線朝向東方。

聖托利亞的話，與市街的境界處會有大門與衛兵屯駐所，但黑曜岩城外的城鎮似乎沒有這些設施，街道兩側逐漸增加的建築物直接就連接著市街區。而且也看不見衛兵的身影。

「……我想應該沒問題才對，但萬一被人詢問身分……對了，就說是從法魯帝拉來這裡找工作的夫……不對，就說是兄妹吧。」

桐人的話讓羅妮耶好不容易把雙手從臉頰上移開，然後詢問生疏的單字。

「那個，法魯帝拉是……？」

「是暗黑界人的城市，位在距離這裡三十基洛爾左右的西南方。」

其實想知道的是兄妹之前差點脫口而出的「夫」字接下來是什麼，但羅妮耶還是拚命忍下來並點了點頭。

「我知道了。那我們走吧，學長。」

戴上外套的頭巾後，就從放在石頭地板上的包包上面拿起尚未決定劍名的長劍掛在腰間。接著手又朝包包伸去，但桐人已經快一步將它拿起來。

「啊……學長，行李我自己拿就可以了……」

「不行不行，現在的設定是兄妹喲。哥哥都會幫妹妹拿行李吧。」

再次露出微笑後，桐人就用右手提著羅妮耶的包包，然後把自己的皮革袋子掛在左肩，開始大步往前走。沒辦法的羅妮耶只能從後面追上去，然後煩惱著進入街道之後應該怎麼稱呼桐人才好。

在深夜的街道上走了一陣子，周圍就慢慢變亮，同時與人族和亞人族擦身而過的機會也增加，使得羅妮耶同時感到放心與緊張。

首次見到的黑曜岩城外城鎮，所有建築物幾乎都是由泛黑的石材製成，而且很少看見樹木與池塘，跟聖托利亞相比給人一種鬱悶的印象。但是掛在家家戶戶牆壁上或者路旁柱子上的油燈，即使在深夜也發出紅、黃或者紫色的光芒，散發出某種祭典般的氣氛。

「那個油燈燒的不知道是什麼喔？」

桐人立刻回答了羅妮耶的問題。

「在附近的山裡所採集的礦石，好像拳頭左右的大小就可以連續燒十天。」

「這樣啊，那可真是方便。」

「拿到人界去應該可以賣到很高的價錢，但這東西真的很難處理。不浸在水裡的話就會開始自燃，所以長距離的搬運相當困難……」

一邊進行這樣的對話一邊在路上走著，不久後前方就傳來熱鬧的氣息。該處是較為寬敞的廣場，外圍部分可以看到幾處攤販，許多男人圍著並排在中央的桌子喝酒用餐。

淺黑色肌膚的人族大概占了一半，雖然也有不少半獸人與哥布林，但是都不坐在同一張桌子前面。即使在應該締結了五族和平條約的暗黑界，種族之間的齟齬依然沒有消失嗎……當羅妮耶這麼想時，似乎看透她腦袋的桐人就開口說：

「光是像那樣在同一個地方喝酒就已經是很大的變化了。妳看，那群看起來像拳鬥士的傢伙與半獸人一夥，不就坐在相鄰的桌子講著話嗎？」

「啊，真的耶……好像也在乾杯……」

明明是二月，強壯的上半身卻幾乎是裸體的拳鬥士，嘴裡不知道嚷著什麼並伸出木製酒杯，坐在旁邊的半獸人也以自己的酒杯用力碰過去。羅妮耶在廣場入口處凝視著這樣的光景，同時有點像自言自語般呢喃著：

「異界戰爭的時候，半獸人軍前來營救了幾乎快全滅的拳鬥士團……聽說半獸人族把率領他們的『綠色劍士』當成神明來膜拜。」

羅妮耶雖然沒有實際與其見面，但知道隨著戰爭結束而消失無蹤的「綠色劍士莉法」，是桐人從現實世界過來的妹妹。

桐人塗成淺黑色的臉一瞬間因為難過而扭曲，但立刻就恢復成平時的表情並點了點頭。

「是啊……之所以能那麼快與暗黑界締結和平，絕對是託莉法的福。所以我們一定得守護這樣的和平。」

「……是的。」

羅妮耶這麼回答，這時候她也意識到，平時努力要自己忘記的根源性不安像是細浪般重新浮現出來。下一刻，桐人就拍了一下她的背部。

「那麼，雖然有點晚了，但我們也來吃晚餐吧。我已經吃膩乾糧啦。」

「咦……要……要在這裡用餐嗎？」

「因為攤販傳出那麼香的味道啊……如果這時候還能忍耐的話，我也不會每天挨法那提歐小姐與迪索爾巴德先生那麼多罵了。」

說完這聽起來似是而非的道理後，桐人就重新拿好行李踏入廣場。

羅妮耶只能無奈地跟上去，結果確實相當香的味道就鑽進鼻子裡，促使她想起還空著肚子。外圍部分共有六家攤販，乍看之下根本不知道是在賣什麼食物。

這種時候，羅妮耶通常會因為不知如何選擇而猶豫不決，受不了的緹潔則是果斷地做出決定……照慣例是如此，但紅髮搭檔目前不在身邊。這樣的話，就只能靠代表劍士閣下的決斷力了，結果側眼觀察對方的狀況，便發現他正喃喃自語著「那種串燒肉看起來很好吃……不過已經這麼晚了，還是選那邊的湯麵吧……不對不對，另一邊的饅頭似乎也很不錯……」。

話說回來，桐人學長也是會猶豫個老半天，然後才由尤吉歐學長做決定呢……微笑了一下之後，忽然注意到某件事的羅妮耶就伸手拉了拉桐人的外套。

「那個，學長。在購買食物之前，想先問一下你有這邊的貨幣嗎？」

「…………」

桐人看著羅妮耶的臉，表情從驚愕階段性地演變成絕望。

人界流通的貨幣有代表一千席亞的金幣、一百席亞的銀幣、十席亞的銅幣，以及一席亞的鐵幣。正確來說還有代表一萬席亞的白金幣存在，但只有行政府以及大商店在進行交易時才會使用，所以與一般人民以及下級貴族無緣。

對羅妮耶來說，從懂事起一提到金錢指的就是席亞貨幣，但刻有公理教會紋章與史提西亞神側臉的貨幣當然不可能在黑暗領域使用。因為黑暗領域一定有自己通用的貨幣。

似乎終於發現這個事實的桐人，沮喪地垂下肩膀表示：

「……聖堂裡根本不會用到錢，所以完全忘記這件事了……」

「聽……聽你這麼說，就是連席亞都沒有帶……嘍……？」

桐人露出學生挨老師罵時的表情來點點頭。

面對這樣的他，羅妮耶也不知該如何反應才好，只能緊盯著代表劍士的臉看。

羅妮耶總是戴在身上的劍帶背面，縫了一枚一千席亞金幣來以防萬一，但在這個城市依然無法使用。這時候她又想到新的問題，於是再次對桐人問道：

「那個，說不定我們連旅館都沒辦法住喔……？」

「唔，嗯，確實是這樣沒錯。」

代表劍士不知為何以帶著威嚴的口氣如此肯定，而羅妮耶則是在至近距離對他嘆了口氣。

「在身無分文的情況下投宿，到時候學長打算怎麼付帳呢？」

「這個嘛，就是從道具欄裡自動扣款……」

唯唯諾諾地說完莫名其妙的發言，桐人就以到這個時候都還不死心的表情到處望著攤販，最後抬頭看向貫穿夜空般聳立著的巨城。

「沒辦法了，只能祈禱伊斯卡恩還沒睡，直接潛入黑曜岩城嘍……」

——說被當成暗殺者可不得了的不就是學長嗎！

當羅妮耶認為應該把這樣的思考說出口而吸了一大口氣的時候——

忽然有一道巨大人影出現在位於廣場角落頭湊在一起竊竊私語的兩個人上方。

「……！」

羅妮耶壓住反射性想伸往左腰上長劍的手抬起頭來。站在眼前的是身高應該有一梅爾九十限的巨漢。

裸露的上半身、強壯的肌肉、打了鉚釘的皮帶，以及赤銅色肌膚上無數的舊傷痕都是拳鬥士的證明。可能是喝了不少酒吧，一頭亂髮底下的臉龐已經發出像礦石油燈的紅光。

「嘿，小哥。沒有錢吃飯嗎？」

至少從聲音裡感覺不到敵意，於是羅妮耶也稍微解除警戒。另一方面，桐人則是維持丟臉的表情點點頭，然後以聽起來肚子很餓的聲音——可能不是演技而是真實的心情——回答道：

「是……是啊，正是如此。和妹妹從法魯帝拉來這裡找工作，結果盤纏在路上用盡了。」

「哦，從法魯帝拉來的嗎？我的老爹也是那裡出身的喲。」

聽見巨漢的話，羅妮耶就想到己方只知道那個城市的名字，要是聊到相關的回憶可就糟糕了，而她也因此流下了冷汗。不過幸好沒有出現那樣的發展，拳鬥士只是用宛如戴著皮革手套的厚實巨大右手用力拍著桐人的肩膀，同時豪爽地表示：

「好吧，看在同鄉的份上，由我來請客吧。」

「等……等等，我沒有這種意思……」

果然還是會不好意思吧，桐人雖然打算拒絕，但拳鬥士卻推著他的背部來到廣場深處。羅妮耶也只能追上無奈地動著腳的桐人。

拳鬥士帶兩個人來到六間裡最小且微暗的攤販。只知道以老舊長柄鍋杓攪動著大鍋子的店長，是長長瀏海蓋住大部分容貌的人族男性。從攤販屋簷上垂下來的褪色布條角落，以特別小的字寫著「黑曜岩城滷味」，看來那就是料理的名稱了。

「這家店是這個廣場最好吃的。嗯，雖然伙伴沒有人贊同就是了！」

酒醉的拳鬥士哈哈大笑，桐人則露出抽搐的表情準備後退。

「那……那個，大叔，我有種不祥的預感……」

「第一次來的傢伙大都會這麼說啦。嗯，就當被我騙了試一次看看吧。嘿，老闆，給我三份。」

拳鬥士從吊在皮帶上的小袋子裡抓出三枚銅幣，丟在泛黑的長板子上。如果貨幣價值與人界相同，那謎之黑曜岩城滷味就是一份十席亞，以路邊攤的輕食來說算相當便宜。

店長沒有回答，只在長板子上排了三個木碗，然後以長柄杓倒進大量鍋子的內容物，最後再放上同樣的木匙。依然沉默的店長收下銅幣，然後再度回歸攪拌作業。

不知道是習慣了還是喝醉了，拳鬥士完全不在意店長冷淡到了極點的對應，兩手各拿起一個碗，把它們遞到桐人與羅妮耶面前。事到如今也沒有拒絕這個選項，兩人同時說了聲「謝謝」並把碗接過來。

碗裡面裝的是只能用茶色黏稠湯液來表現的某種東西。雖然其他還有各種食材，但湯汁幾乎是不透明，所以光從外表根本看不出到底滷了什麼食物。

拳鬥士拿起自己的碗後就催促著另外兩個人，於是和桐人並坐在空桌前的羅妮耶在做出覺悟後就握緊了湯匙。

撈起一小匙宛如連續煮了三天的燉肉般極為濃稠的液體，呼呼吹了兩口氣後就把它含進嘴裡。一瞬間浮現「好辣！」的想法，但立刻就又感覺到酸味，醞釀出複雜的濃度與苦味後，又在口腔內回甘了一下才消失。

「…………桐人學長，這算是什麼味道……？」

羅妮耶小聲這麼問，同樣吃了一口的桐人則以複雜的表情凝視著木匙並且呢喃：

「不會錯……這確實是『滷』的味道，很不可思議的是也不至於無法下嚥，應該說還覺得有點美味……」

「咦……學長之前吃過這種東西嗎？」

這時才終於回過神來的桐人，看向羅妮耶後就用力搖了搖頭。

「啊，沒……沒有啦，我沒吃過……只是以前住的地方，有家店販賣跟這個很像的料理。不知道是不是錯覺，連店長都很像，不過這不重要……我知道的『滷味』，是酸甜苦辣互相打架而根本無法入口的食物。不過這個黑曜岩城滷味不知道該說是洗鍊還是熟成，總之就是有種難以言喻的醇厚……」

「哦哦，小哥。你吃得出來嗎！」

很快就把碗內三成的食材吞下肚的拳鬥士用力拍著桐人的背。

「聽說這個料理呢，是從帝都黑曜岩城落成之後，兩百年來不斷添加食材與湯汁每天持續燉煮而成喲。我想連人界也不會有這種料理吧，嘎哈哈！」

「應……應該是吧……」

桐人以微妙的表情點點頭，他身邊的羅妮耶則忍不住發出驚訝的聲音。

「咦咦，兩……兩百年……！為……為什麼料理的天命能維持那麼久？就算是寒冬，湯品和燉煮類料理最多也只能保存五天就會壞掉了……」

「這是因為那邊的老闆很厲害啊。」

簡直就像自己是店長的親戚一般，拳鬥士驕傲地拍打著厚實的胸膛。

「老闆每天一步都不會離開他的攤子，為了不讓鍋底變冷或者燒焦，持續調整著小火的強度。據說只要像這樣一直燉煮，鍋子內的食材的天命就不會減少喲。當然他自己的伙食也是一天三餐都吃這個……我認為能夠辦到這一點的廚師，全暗黑界，不對，是全地底世界也只有這個老闆了。」

「每……每一天嗎……」

感到啞然的羅妮耶還是把視線移向話題中的攤販。冷漠的店長依然持續低頭攪拌著鍋子，然後也還是看不見他的長相。

「……這就是說，那位店長的天命已經凍結，目前活了兩百年以上了嗎？」

或許是羅妮耶的問題讓拳鬥士首次注意到這個可能性吧，他一臉認真地不停交互看著碗與攤子，然後才搖著頭說：

「怎麼可能，又不是傳聞中那個人界的最高司祭。一定是代代相傳下來吧。」

「說……說得也是喔。」

點完頭後，羅妮耶就撈起重重坐鎮在碗中央的某種塊狀物，畏畏縮縮地把它放進口中。輕輕一咬後，那應該屬於某種鳥類的肉塊就整個融化，濃厚的甜味也在嘴裡散開。就算是複雜又奇怪的調味，習慣後就會讓人上癮——似乎出現了這樣的感覺。

或許是比羅妮耶還早習慣吧，以很快的速度將碗內清空的桐人，滿足地呼出一口氣。

「啊～真是人間美味……這麼說應該一點也不誇張……」

挺直背桿之後，就朝坐在對面的拳鬥士深深低下頭來。

「好心的大叔，多謝你的招待。我絕不會忘記你的恩情。」

「哎呀，這算不了什麼。」

早就吃完滷味的拳鬥士，喝醉的臉上綻放出笑容點了點頭。

「在這裡找到好工作，哪一天能夠盡情吃黑曜岩城滷味時，就換你請我了……雖然很想這麼說……」

他以厚實的手掌擦了擦臉，然後消除笑容繼續表示：

「……你們兄妹要在現在的黑曜岩城找到工作，可能會有點困難啊，小哥。」

「咦……是這樣嗎？街上即使這麼晚了還是很熱鬧，給人一種充滿活力的感覺啊……」

「表面上看起來是這樣。但那單純只是居民增加了……而且這種情況應該不會持續太久……」

夾雜著嘆息這麼說道的拳鬥士，從經過附近的哥布林酒販那裡買了看起來很可疑的小瓶子。呷了一口就繃著臉遞給桐人。

桐人雖然一瞬間露出猶豫的表情，但還是把它接過來，喝下一大口的瞬間就猛烈地咳嗽。

拿回瓶子的拳鬥士，咧嘴笑了一下後才繼續說明。

「這是最近才在街頭附近住下來的平地哥布林所釀的酒。雖然味道很糟，但很便宜，所以銷路還不錯。結果街上的酒店就因為受到影響而業績一落千丈，商工公會似乎對這種情形很不滿喲。如果是在戰爭之前，公會的私兵部隊早就襲擊哥布林的部落把他們都殺了，但現在有五族和平條約……」

「……也就是說，人族的工作被移居到黑曜岩城的亞人族搶走了……？」

「不只是亞人的緣故，現在也增加了不少人族……就是像小哥你們這樣的人啊。」

聳聳肩回答完桐人的問題，拳鬥士就往上瞄了一眼黑暗的天空。

「如果是從法魯帝拉來到這裡，應該不用我說就知道了吧……這個暗黑界，不論哪個地方土地都很貧瘠。人類和亞人從以前就一直為飢渴所苦。說起來終結『鐵血時代』的大戰，也是為了爭奪湖泊所引起……」

對於暗黑界歷史不甚了解的羅妮耶與桐人只能默默點點頭。拳鬥士呷了一口便宜的酒，接著又斷斷續續地說著：

「……我們的祖先為什麼會在這樣的暗黑界苟延殘喘到現在，其實都是因為那個傳說。就是有一天人界的門會打開，我們就能夠移居到彷彿夢一般的豐饒土地。」

一聽見他這麼說，羅妮耶的身體就不由得僵住了，但拳鬥士似乎沒有注意到她的反應。

「……就小哥和你妹妹的歲數來看，應該沒有從過軍吧，一年多之前皇帝貝庫達甦醒並且進攻人界時，真的得到很熱烈的回響。大家都認為，傳說的時刻終於來了……但是——人界的整合騎士是比傳聞還要恐怖的怪物……而且呢，想不到還出現了來自於異世界的軍隊。在搞不清楚狀況時皇帝就被人界的什麼劍士給幹掉，戰爭也就結束了……」

羅妮耶一側眼看著那個「什麼劍士」本人，對方就露出比品嘗黑曜岩城滷味時還要微妙的表情，而且額頭也滲出冷汗。完全不清楚眼前這名年輕人真實身分的拳鬥士，這時用手撐著臉頰然後再次開口：

「……如果戰爭持續下去的話，這次暗黑界的五族可能會全部滅亡。所以我對與人界的和平條約沒有怨言，但有一天能獲得豐饒土地……這樣的希望化為泡影也是事實。就是因為這樣，哥布林、半獸人和人族的年輕人流入黑曜岩城……他們覺得在這裡的話，應該可以過稍微好一點的生活。但是就算帝都再廣大，也不可能有無限的工作機會。人族的話或許還能得到騎士團的僱用……不過小哥和你的妹妹都有點太瘦小了……」

看見拳鬥士望著兩人的醉眼像是很想睡般眨了眨，似乎認為是時候離開的桐人就再次低下頭來。

「大叔，真的很謝謝你。黑曜岩城滷味真的很好吃……有一天一定會報答你的恩惠。」

「嗯……你們兩個要加油啊……」

說完這句話，拳鬥士就完全進入睡眠狀態，兩個人就為了不吵醒他而悄悄站起身子。

環視一下廣場，就發現哥布林與半獸人的團體不知道什麼時候已經離開，拳鬥士集團也只剩下醉倒的幾個人。幾乎所有的攤販都開始準備收攤，只有黑曜岩城滷味的店長依然不斷攪動著鍋子。看來他在那邊起居的傳聞好像是真的。

「……好了，我們也來找住宿的旅館吧。」

大大伸了個懶腰的桐人一這麼呢喃，羅妮耶就急忙向他問道：

「但是住宿的費用該怎麼辦？我想應該不會再出現幫忙付帳的人了。」

「哎呀，會有辦法的啦。」

露出別有含意的笑容後桐人就往廣場的東側出口前進，這時羅妮耶也只能跟上去。

越接近城鎮中心礦石燈的數量就越多，而且也更加熱鬧。

但是聽過拳鬥士所說的話之後，就感覺五顏六色的照明是對貧瘠大地的微弱抵抗，而人們的吵鬧則是逐漸累積的不滿所造成的反動。

以將懷裡的小刀賣給路旁露天攤販這種意外穩當的手段解決身無分文的問題，桐人更順便從店長那裡問出便宜旅館的所在位置，然後再次開始移動。跟平常比起來，代表劍士的話似乎少了一些，這時羅妮耶雖然壓低了聲音，還是盡量以開朗的口氣對著他搭話。

「這邊的貨幣叫作『珼庫』啊。一珼庫的價值可能和人界的一席亞差不多吧？」

「咦……？啊，噢，應該是吧。也就是說，黑曜岩城滷味一份十珼庫真的很便宜……」

「學長，我看你是還想吃吧？」

「不愧是前隨侍劍士，什麼事情都瞞不過妳。」

以好不容易打起精神來的表情把手輕放到羅妮耶頭上後，又用那隻手指著前方右側的建築物。

「剛才露天攤販的大叔所推薦的旅館好像就是那裡。」

泛黑的石壁上，突出一塊和人界的旅館同樣以神聖文字寫著「I、N、N」的鑄鐵看板。看見看板之後，羅妮耶胸口的模糊問題就起了一陣漣漪，但在把它化為文字說出口前就又消失不見了。

「……？怎麼了，羅妮耶？」

她迅速對露出狐疑表情的桐人搖搖頭。

「沒有，沒什麼事。」

「這樣啊……今天真的很累人，我們早點休息吧。」

這麼說完，桐人就重新拿好大小兩件行李，朝看板底下的門走了過去。

時間雖然已經接近午夜，幸好旅館仍在營業當中。店主是四十多歲的人族女性，雖然以極不信任的眼神巡梭了桐人與羅妮耶的臉數十秒鐘，不過對於兩人是從法魯帝拉到此找工作的兄妹一事似乎沒有懷疑。

但桐人似乎沒預料到這個虛假的設定還是造成了新的問題。女店主丟下一句「兄妹住同一間房就可以了吧！」後就不再聽他們說什麼——而且是確實收下兩人份一晚一百珥庫的住宿費之後——就強行把兩人帶到二樓的一間房間前面。

「早上十點的鐘聲響起前要退房！浴室的火已經關了，想洗澡的話就到前面的澡堂去。跟他們說是我們這邊的客人就會給你們折扣！」

說完一連串讓人無從判斷是吝嗇還是親切的發言後，女店主就走下樓梯消失了。

羅妮耶茫然站在現場好一陣子，桐人才以有些尷尬的聲音對她說：

「那個……抱歉喔，羅妮耶。都是我一定要住便宜旅館才會變成這樣……」

「別……別這麼說，這不是學長的錯……」

「我在外面隨便找地方睡，羅妮耶妳就睡房間吧。」

「隨……隨便是……」

「像哪間房子的屋簷下或者公園之類的，我自己一個人隨便都能找到地方。妳今天就好好休息吧。我明天早上再過來。」

桐人留下這些話後就準備從窗戶爬出去，羅妮耶則是急忙拉住他的外套。

「不……不行啦，學長！外面這麼冷，你要是學那些拳鬥士的話一定會感冒的！」

環視房間後，發現簡陋的床鋪之外還放了一張雙人沙發。雖然連羅妮耶躺上去之後腳都會稍微露出一點，但也不至於無法入睡。

「我就睡在那張沙發上，就請學長睡床吧。」

「咦，等……等等……但是禁忌目錄或者帝國基本法裡，沒有禁止未婚男女睡在同一間房之類的條款嗎？」

「才沒有呢。禁止的只有接……接吻……還有………」

「咦，還有什麼？」

這時桐人以疑惑的表情將耳朵靠過來，羅妮耶立刻緊抓住他的雙肩，用力把他推往床鋪的方向。

「不、不論有什麼法規，學長可是人界代表劍士，而且我雖然是見習生但怎麼說也是整合騎士，所以都跟我們沒關係！」

「嗚……嗚哇！」

腳在地板上滑了一跤的桐人，一屁股跌坐在床上。外套的繩子立刻被解開並且脫掉，靴子也被從腳上拉下來，不由分說就被安排到床上躺好。

羅妮耶把棉被往上拉到對方脖子底部，輕輕拍了拍胸口附近，這時代表劍士就帶著苦笑說道：

「……羅妮耶，妳好像媽媽一樣。」

「啊……對……對不起，因為小時候母親總是這樣對我。」

「這樣啊……有機會也想跟羅妮耶的父母親見個面……」

由於桐人邊看著天花板邊做出這樣的發言，羅妮耶就想起上個月回老家時發生的事情。雖然也順勢快想起親戚找來談相親的種種經過，但最後還是把它們硬推了回去。

「……嗯，我爸媽一定會很高興。」

羅妮耶心裡想著「最高興的應該會是弟弟」這麼回答，桐人就輕笑了一下並閉上眼睛。短短幾秒後就聽見了穩定的鼻息聲傳出來。雖然一直露出輕鬆的表情，但從人界操縱機龍飛過三千基洛爾遠路迢迢來到這裡應該讓他相當疲勞吧。

對於桐人乖乖睡在床上感到安心的羅妮耶，自己也脫下外套，花了點時間——用在裡面倒水這樣的方法——把礦石燈熄滅。

坐到牆邊的沙發，把脫下來的靴子確實在地板上擺整齊才躺上去。正如自己的預料，腳尖果然稍微凸出了一點，但是以使用大量上等西域產羊毛所織成的外套代替毛毯蓋到身體上後就不必擔心寒冷。

羅妮耶雖然立刻感覺到睡意，但還是頑強抵抗，藉由從窗戶照射進來的街燈凝視著桐人的側臉。

如果學長真的來家裡會怎麼樣呢……當羅妮耶暫時享受著這樣的想像時，忽然就注意到某件事。

桐人的家人，應該不可能只有妹妹「綠色劍士莉法」吧。她回歸的現實世界裡，應該也有雙親，甚至其他兄弟姊妹與友人存在才對。但至今為止桐人都不曾提過自己的家族成員。

會有……「想回去」的想法嗎？

怎麼可能沒有。就連老家同在聖托利亞的羅妮耶，都經常會想跟父母親與弟弟見面了。

但是羅妮耶沒有勇氣對桐人提出這個問題。有機會就想回去……要是聽見他這麼說，自己不知道該如何回答才好。說起來，自己甚至連有沒有回到現實世界的方法都不知道。

那到底是什麼樣的地方呢？

只要是曾在異界戰爭裡作戰過的地底世界人，對只知道名字的現實世界人，應該都沒有親切感而是感到恐懼與厭惡。這一點就連羅妮耶也不例外。只要想到是擊潰人界守備軍和暗黑界軍的那群恐怖紅騎士所居住的世界，感覺手腳就會因為恐懼而開始發冷。

但是另一方面，現實世界也是桐人、亞絲娜，以及異界戰爭時前來救援人界軍的那些劍士們的故鄉。

地底世界也有好人與壞人之分，或許現實世界也是一樣吧。但現在還沒辦法有「希望門再次打開」的想法。

到那邊的世界旅行的整合騎士愛麗絲不知道看見、感覺到什麼呢？不知道將來是不是有機會再見到她，聽她訴說在另一個世界的經驗呢……

當羅妮耶思考到這裡時，跟看見旅館看板時同樣的奇妙感覺再次讓內心產生動搖，但終究抵不過眼瞼的重量，就這樣在異鄉之地陷入睡眠當中。

7

被穩重的鐘聲吵醒後，就透過薄薄的窗簾發現窗外已經是一片明亮的白色。

羅妮耶眨了好幾次眼睛，揉了揉眼頭撐起上半身。接著把用來代替毛毯的外套裹在身體上，以睡傻了的眼神環視著房間。

結果在沙發正面床鋪上熟睡的黑髮劍士立刻就映入眼簾。應該是過了八小時的緣故吧，軟膏的效果消失而恢復成白色的睡臉意外地稚嫩，羅妮耶看了忍不住露出微笑。

這時候終於浮現與桐人在同一間房裡過了一夜——當然不同床——的意識，在睡意消失的同時臉也變得火熱。用因為沒有蓋到外套而冰冷的雙手覆蓋住臉頰，深呼吸後好不容易恢復冷靜的羅妮耶立刻迅速站起來。

雖然桐人仍然睡著但羅妮耶還是移動到床旁邊，靜靜搖晃著他的肩膀。

「學長，請起床。已經八點嘍。」

當對桐人這麼搭話時，羅妮耶就發現從昨天晚上開始就聽了好幾遍的時鐘旋律，竟然跟中央聖堂的鐘聲完全相同。

到底是什麼理由，讓人界公理教會所設置的鐘，與距離如此遙遠的暗黑界首都的鐘聲演奏出同樣的旋律呢……正當羅妮耶想到這裡，桐人就發出模糊的言詞並準備鑽到毛毯底下。

「嗯……再讓我睡一下…………」

「啊，不能再睡了啦！」

雖然急忙拉住毛毯，但桐人已經用雙手抓住邊緣，像個賴床的小孩子一樣遲遲不肯出來。

「再五分鐘……不對讓我睡三分鐘就可以了啦，尤吉歐……」

聽見這個名字，羅妮耶就稍微屏住了呼吸。放開毛毯的手貼在嘴邊退後一步。

身為桐人好友的上級修劍士尤吉歐，在跟最高司祭亞多米尼史特蕾達的戰鬥中喪命到現在已經過了將近兩年。但是對於桐人來說，與尤吉歐共同度過的日子仍未成為過去。而緹潔也是一樣。

她躡手躡腳走回沙發前面，再次坐下。

和桐人在同一個房間裡起居的副代表劍士亞絲娜，知道桐人的心裡……他所隱藏的深切悲傷嗎？是知道了之後，依然總是在桐人身邊露出平穩、溫柔的笑容嗎……

回到聖托利亞之後，好好地跟亞絲娜聊一聊吧。羅妮耶當然無法表明一直隱藏在內心的愛意，但兩個人想幫助桐人的心情應該一樣才對。

想到這裡，桐人竟然真的如夢話所說的，在大概快三分鐘時搖搖晃晃地撐起身子，以閉了一半以上的雙眼環視著房間。

一發現羅妮耶，就「呼哇～～」一聲打了個大大的呵欠，才對她說「早安啊，羅妮耶」。

「是……是的，早安，桐人學長。」

「抱歉，我睡過頭了……現在幾點？」

「剛才八點的鐘聲響了。」

「這樣啊，退房……不對，應該趕得上結帳時間。」

桐人再次壓抑下較短的呵欠，從床上起身。移動到窗邊就用力拉開灰色窗簾。

「哦，羅妮耶，妳來看看。可以看得見城堡喲。」

「真的嗎？」

離開沙發移動到桐人身邊，就發現窗戶正面偏右側，雜亂街道的遠方確實可以清晰地看見高聳入天際的漆黑巨城。

就像是要撕裂黑暗領域比人界紅上許多的朝霞般聳立於該處的模樣，給人遠比留下一半自然岩石紋理的中央聖堂粗獷的印象，但那種模樣也反而醞釀出一種美感。應該是第二度到訪的桐人，也像是要發出感嘆般呼出一口長長的氣。

「……和最高司祭亞多米尼史特蕾達以超常力量建築起來的中央聖堂不同，那座城是以人力雕琢岩山而成。」

桐人的話讓羅妮耶忍不住發出嘆息。

「不知道花了幾個月……不對，是幾年的時間喔？」

「聽說花了一百年以上──好了，差不多該出發嘍。再拖拖拉拉就要到中午了。」

「真是的，學長才是賴床的人吧！」

以惡作劇孩子的笑容把羅妮耶的指責帶過之後，桐人就開始整理起行李。

重新塗好咖啡爾茶色的軟膏，付清住宿費後來到外面，就看到朝陽將礦石燈光芒消失的街道染成鮮紅色。

從旅館到黑曜岩城足足有五基爾以上的距離，但在享受著異國風景的情況下前進，就讓人不覺得路途有多遙遠。

越靠近城堡道路就越寬敞，左右兩旁的建築物也更加華麗。但是路上的行人卻不斷減少，尤其完全看不見亞人族。

不久後在前方出現暗黑界水量最為豐沛的河川與雄偉的石橋。過橋後是一扇大門，再往前是逐漸朝上的坡道，通往尖銳到異常的黑曜石岩山──帝宮黑曜岩城。

羅妮耶小聲問著在橋頭停下腳步的桐人。

「……那麼學長，你想到該如何進城了嗎？」

結果代表劍士就微微歪著塗成淺黑的臉龐。

「嗯……就算扮成暗黑界人，還是沒辦法直接進入城裡吧……不過直接飛到城堡頂端的話，又很容易被衛兵發現……」

「也就是還沒想到嘍……」

桐人趕緊否定了羅妮耶的話。

「沒……沒有啦。我還有最後一招！」

這麼叫完，桐人就拉著羅妮耶的手從河岸邊的小徑往左前進。由於這樣一定會距離通往城堡的橋越來越遠，想到他該不會是要游過河川，爬上全是岩石的山丘入侵城堡的羅妮耶立刻慌了手腳。

但桐人在河岸變得稍微寬廣處就停下了腳步，隨即把兩個包包放在地上並抬頭看著黑曜岩城。

漆黑的岩山底部直徑大概有三百梅爾左右，但高度將近有直徑的兩倍，所以與其說是山脈倒不如說是高塔。面對街道的大部分都雕刻成城堡的模樣，壯麗的圓柱與大窗戶在朝陽之下閃閃發亮，後方則幾乎保持岩山原本的模樣，只有應該是飛龍起降場的寬敞露臺整個往外凸出。

桐人忽然抬起右手，筆直地對準城堡上部。攤開的五指簡直就像在找什麼一樣微微動著。

「那個，學長……你到底想做什……」

危險的預感一點一點湧上心頭，讓羅妮耶開口這麼向對方搭話。但桐人沒有回答，又花了五秒鐘的時間高舉著右手，然後忽然像了解什麼了一般點了點頭。

他把原本攤開的右手手指擺成手刀狀。直接往正上方高高舉起，左腳往後拉並沉下腰部。看見像劍一樣擺著的右手綻放微弱的震動音且被淡淡的白光包圍，讓羅妮耶瞪大了雙眼。

桐人沒有詠唱任何式句。這樣的話，這就是直接影響「世界常理」的整合騎士祕奧義——心念之技了。但不知道他究竟集中了多少的力量，竟然連眼睛通常看不見的心念都發出光芒與聲音。

「…………呼！」

桐人的右手隨著簡短的吼叫聲，以猛烈的速度往下揮落。

白光宛若騎士連利的神器「雙翼刃」般變成刀刃發射出去，瞬時飛過一基洛爾以上的距離，命中黑曜岩城最上部附近小型露臺的扶手。羅妮耶經過鍛鍊的視力，確實地看見被刀刃擊中的扶手掉下了小小的黑曜岩碎片。

「等等……學……學學學長，你在做什麼啊！你弄壞城堡了啦！」

雖然心念之刃能飛過一基洛爾的距離也很令人驚訝，但超越驚訝的慌亂讓羅妮耶不停拉著桐人的黑外套，但桐人只是輕輕站起身子，用跟平常一樣的輕鬆口氣回答：

「那點小損傷，只要在糨糊裡加點碳粉就能夠補回去了……應該啦。倒是妳看那邊。」

由於桐人再次舉起右手，於是羅妮耶就看往他指的方向。結果就看見一道小小的人影衝到被「心念之刃」擊中的露臺上。在這種距離之下實在無法看清容貌，但從那纖細的身體來看應該是人族才對。一注意到扶手的傷痕，對方就從露臺上探出身子眺望著下方。

就算距離一基洛爾以上，桐人和羅妮耶所站的開闊河邊也沒有任何可以隱藏身形的物體。露臺上的人影眼光停留在兩人身上……出現這種感覺的瞬間——

人影就迅速把右手貼在嘴上。

當從城堡後側凸出的大型起降台上出現灰色飛龍的身影並展翅飛翔，羅妮耶才發現對方吹響了指笛。

飛龍繞過城堡側面往上方飛行，到了剛才被擊中的露臺附近便停留在空中。人影迅速跳到飛龍背上，筆直朝著羅妮耶他們所在的河岸前進。

「糟……糟糟糟糟糟糕了啦學長！完全被對方發現了！」

「速度真快，實力果然是一流。」

「不是悠閒待在這裡的時候了！得快點逃走……！」

當羅妮耶用力拉著桐人外套時，桐人就抓住她的手臂，反而讓她站在自己面前。當他們這麼做時，飛龍已經朝著兩人猛然降落。

羅妮耶想著「事到如今只有盡護衛的責任了！」，抓住剛獲得的長劍劍柄短短三秒鐘後。

來到上空的灰色飛龍就猛力拍打翅膀來緊急煞車，然後騎手輕飄飄地從牠背上跳下來。只見對方以漂亮的身法無聲地降落到全是石頭的河岸邊。由於罩著跟羅妮耶他們一樣的兜帽外套，所以看不見長相。

雖然沒有帶劍，但是能操縱飛龍就應該是上位的暗黑騎士。站在桐人面前的羅妮耶，為了以防萬一而緊繃神經，讓自己保持在隨時可以拔劍的狀態。

——但是。

晚了騎手一會兒才發出巨大聲響落地的灰色飛龍，伸長脖子先聞了聞羅妮耶，接著又聞起桐人的氣味。下一刻，就從喉嚨發出「呼嚕嚕嚕……」的聲音並且以凸出的嘴巴側面摩擦桐人的頭部。

「咦…………？」

羅妮耶啞然望著眼前的光景。聽說暗黑界的飛龍與人界的飛龍同樣非常驕傲，是十分難以馴服的種族。不可能對首次見面的人展現如此親近的態度……當羅妮耶想到這裡時，就注意到包裹在灰色鱗片下的飛龍身體上留著無數槍傷。

「啊……難……難道……」

在羅妮耶把話說完之前，桐人以經先用雙手摩擦著飛龍的下巴並對牠搭話：

「真乖，好久不見了，宵呼。你還好嗎？」

羅妮耶不可能忘了這個名字。那是異界戰爭時，即使面對紅騎士大軍依然奮戰到底的，傳說中的飛龍。牠不是黑暗領域的暗黑騎士，而是人界整合騎士的騎龍。主人也是傳說般存在的「無聲」騎士——

「……不……不會是，謝達大人……吧？」

羅妮耶把視線移回罩著兜帽的騎士身上，畏畏縮縮地這麼問，結果騎士就用雙手脫下兜帽回答：

「桐人……羅妮耶，你們在這裡做什麼？」

謝達・辛賽西斯・推魯弗。

目前的整合騎士團裡，資歷僅次於法那提歐與迪索爾巴德的上位騎士，也是傳聞其劍術足以匹敵前任團長貝爾庫利・辛賽西斯・汪的高手。

據說沒有最高司祭親自賜與的神器「黑百合之劍」砍不斷的東西，在異界戰爭當中首先面對拳鬥士主力部隊，接著則是對紅騎士大軍發揮出萬夫莫敵的實力。但是戰爭結束的現在，她離開了中央聖堂，以人界全權大使的身分留在黑曜岩城裡。

也就是說，她正是桐人與羅妮耶首先應該接觸的第一人選——不過桐人到底是如何把她找來這裡的呢？桐人用心念之刃擊中城堡，注意到這一點而衝出來的人就是謝達，很難想像這是碰運氣的作戰剛好順利成功所帶來的結果。

這時羅妮耶壓抑下質問桐人的心情，吞著口水注視著兩個人之間的對話。

「謝達小姐，抱歉讓妳受到驚嚇了。因為只能想到這個把妳找出來的方法……」

同樣把兜帽放下來的桐人搔著頭這麼道完歉，謝達冷靜的美麗容貌上就滲出一些苦笑並點了點頭。

「的確嚇了一跳。當我注意到有人從河的另一邊施放心念之刃到這裡來時，還以為是貝爾庫利團長復生了呢。」

她依然是用不像女性的簡潔口氣來說話，不過字數已經比以前多了一些，感覺聲音也比以前還要溫柔。

「……但是，你怎麼知道我在那個房間？」

桐人聳聳肩來回答謝達的問題。

「應該說……從那裡傳出最嚇人的氣息吧。」

結果這次換謝達露出有點不滿的表情來做出同樣的動作。

「……自認為已經阻斷劍氣了，竟然還被從那麼遠的地方察覺，看來我的修行還不夠。」

從這樣的對話裡，羅妮耶終於了解桐人不是隨便找個地方施放心念之刃。在右手發光前那個攤開五根手指的動作，應該就是在尋找謝達的氣息吧。那當然是羅妮耶無法模仿的奧義，但是——

「那個，學長。明明有那麼厲害的招式，就不用像小孩子一樣，做出丟小石頭到朋友家窗戶把人叫出來的行為吧……」

忍不住這麼插嘴後，轉過頭來的桐人就咧嘴笑著說：

「哦，羅妮耶，妳曾經被男孩子用這種方式叫出去過嗎？」

「我……我沒說是我啊！」

「那麼，難道是把人叫出來的……」

「怎……怎麼可能呢！」

拚命否定之後，謝達就露出平淡但明確的微笑看著羅妮耶。

「長途旅行一定很累了吧，羅妮耶。到城裡來休息一下吧。」

右手做出訊號，宵呼就壓低身體。雖然沒有裝上龍鞍，但也因為這樣才能擠下三個人。以前面是羅妮耶，後面是桐人，正中央是謝達的排列跨上龍背，這身經百戰的飛龍就毫不在意兩把神器級長劍與三名人類的重量，在河岸邊助跑後輕輕起飛。

用力拍動翅膀後高度一口氣提升，朝著黑曜岩城前進。雖然衛兵們都察覺到了，但應該全都清楚那是全權大使的飛龍，所以沒有引起什麼騷動。

兩分鐘左右就飛到剛才那個露臺的宵呼，讓三人下來之後，就叫了一聲並回到起降場。等飛龍巨大的身影消失，羅妮耶就走向黑曜石扶手，檢查剛才被桐人以心念之刃砍中的地方。果然如同她所擔心的，該處已經出現一個深達一限以上的傷痕。

這一定會挨罵啦……當她不由得移開視線，看向正面景色的瞬間，就忘了一秒鐘前的擔心忍不住叫了出來。

「嗚哇啊……好壯觀……！」

下方可以眺望整個帝宮黑曜岩城。和呈放射狀仔細做出劃分的央都聖托利亞完全不同，雜亂又毫無秩序的街道，反而讓人感覺到旺盛的生命力。

「那邊附近，街頭的地面本身就堆疊了好幾層呢……啊，那是鬥技場嗎，真是巨大啊，學長！」

羅妮耶著迷地用手指著該處，就聽見謝達的聲音從背後傳過來。

「其他還有許多值得一看的地方，有時間的話可以去觀光一下……雖然很想這麼說……」

謝達把視線從轉過頭的羅妮耶身上移開，改以銳利的眼神看著桐人。

「但你們不是偷偷跑到這裡來玩的吧？聖托利亞發生什麼事了？」

「妳說得沒錯。」

桐人點完頭後就挺直了背桿。

「全權大使謝達閣下，請立刻幫我們引見伊斯卡恩總司令官。」

以暗黑界來說，露臺深處的房間算充滿明亮與柔和的色彩。牆壁與天花板塗了淡粉紅色，窗簾是淡黃色，絨毯則是淺綠色。在大暖爐裡燒得紅通通的不是柴火而是礦石，室內溫暖到穿著外套甚至會流汗的程度。

如果這裡是謝達小姐私人的寢室，那麼她的喜好就有點出人意表……羅妮耶才剛這麼想，就了解房間的主人並不是謝達。

暖爐的對面放置了長一梅爾左右的小床，走到床旁邊的謝達，側臉露出了讓人感到驚訝的溫柔笑容。

謝達默默對呆立在該處的羅妮耶與桐人招手。躡手躡腳靠過去往床上窺探，就看見蓋著純白棉被的小嬰兒正在沉睡。

大概是出生三個月左右吧，暗紅色頭髮像綿毛一樣柔軟，鼻子、嘴巴以及在頭部兩側輕握著的雙手都小到不可思議。

雖然聽過傳聞，不過在這裡的這個嬰兒，應該就是整合騎士謝達與拳鬥士團長伊斯卡恩的小孩了。沒記錯的話應該是女孩子……心裡這麼想的羅妮耶，就以極其細微的聲音對嬰兒的母親問道：

「……她叫什麼名字？」

「莉潔姐。」

以有些自傲的態度如此回答的謝達，瞄了桐人一眼後又加上一句：

「開頭的字是取自於綠色劍士莉法。」

「這樣啊……我都不知道有這件事。」

這麼呢喃著的桐人，這時一邊凝視著熟睡的嬰兒一邊露出微笑。

持續了二十秒左右的平穩寂靜，最後被走廊那邊開門的聲音，以及拖得極長的裝可愛聲音給打破了。

「小莉潔，好喝的牛奶時間到了喲～～……」

走進房間的是雙手拿著盆子的年輕男性。以簡樸的銀環套住燃燒一般的赤金色捲髮，明明是冬天上半身卻只罩著一件薄薄的麻衣。下半身也是短褲加上涼鞋的打扮，不過從肩膀到手臂那露在外面的強壯肌肉與無數傷痕，以及被刨出般瞎掉的右眼，都顯示出他是一名身經百戰的勇士。

但這時年輕男性的臉上，卻露出比桐人吃到蜂蜜派時還幸福好幾倍的鬆懈笑容，而這也讓目擊到這一幕的羅妮耶啞然張開了嘴巴。

下一刻，單眼男性也注意到站在床邊的羅妮耶與桐人，結果臉上的笑容便逐漸消失。粗大的眉毛狐疑地皺起，視線在謝達與兩人之間來回巡梭。

在男人想說什麼之前，桐人就搶先一步舉起右手來打招呼。

「嗨，伊斯卡恩，好久不見。」

結果暗黑界軍總司令官兼拳鬥士團長伊斯卡恩左眼就瞪大到快要彈出來的地步。

「你……你這傢伙，是……是桐人嗎！臉為什麼是那種顏色……不對，你在這裡做什麼啊？下一次的會議是三月吧？」

「沒有啦，因為有點急事。抱歉忽然就跑過來了。」

「那……那是沒關係啦…………不對，等一下、等一下。」

伊斯卡恩的眉間出現了深谷。謝達以順暢的動作從丈夫的雙手上搶下盆子。拳鬥士長似乎連這點都沒注意到，只是發出低沉的呻吟。

「桐人，你……你這傢伙聽見我剛才說的話了吧……？」

「剛才？啊啊……你是說好喝的牛奶那個嗎？哎呀，伊斯卡恩也完全變成爸爸了呢，哈哈哈……」

「什麼哈哈哈！既然讓你聽見了，只能說聲抱歉，沒辦法讓你平安無事地回去了。就用這一擊把你的記憶轟飛！」

剛大聲叫完，伊斯卡恩就握緊右手。強壯的拳頭上開始出現火焰般的淡紅色光芒。

「等等，學……學學學學長……」

當羅妮耶無法立刻判斷護衛應該採取什麼行動而慌了手腳時，桐人就舉起一隻手要她退下。桐人站到伊斯卡恩正面後，對他伸出左手手掌。

「好，來吧！」

「嗚啦啦啊！」

伊斯卡恩隨著吼叫往地板踢去。在空中畫出紅色軌跡之後，拳頭就以羅妮耶眼睛捕捉不到的速度揮出，命中了桐人的手掌。

宛如爆炸一般的衝擊聲響起，窗簾與裝飾的布料產生劇烈晃動。這一擊明顯帶有恐怖的威力，但桐人在上半身後仰的情況下踏穩腳步，單手就擋下了伊斯卡恩的拳頭。

拳鬥士團長與人界代表劍士在右手與左手互碰的情況下靜止了一陣子，最後抬起頭來的伊斯卡恩咧嘴笑了起來。

「看來你的技術沒有退步嘛，桐人。」

「你也是啊，伊斯卡恩。」

拿著盆子的謝達，這時在互相朝對方露出噁心笑容的兩個男人身邊傻眼地搖了搖頭。擔心剛才的巨大聲響會吵醒嬰兒的羅妮耶，靠近嬰兒床後往該處看去，結果莉潔妲似乎沒有注意到這場大騷動，還是很幸福般沉睡著，只能說她真不愧是最強騎士與最強拳鬥士的小孩。

伊斯卡恩把聽見巨響後衝過來的衛兵推回門外之後，順便要他們拿來兩張椅子，然後連同原本就有的一張一起排在窗戶邊。這時候不要說衛兵了，就連桐人與羅妮耶都覺得奇怪，但總司令官只說了一句「之後會說明先不用管那麼多」，衛兵也就接受了。這不知道該說是「力量鐵則」的效果，還是伊斯卡恩的人望呢？

衛兵離開之後九點的鐘聲正好響起，嬰兒就像聽見起床的訊號般睜開了眼睛開始哇哇大哭。謝達把她從嬰兒床上抱起來，坐在其中一張椅子上後，開始用人界也有的，加工菲寶樹果實後製成的奶瓶讓嬰兒喝奶。

菲寶樹的果實成熟之後，就會變成像玻璃瓶那樣半透明而且中空，此外像是乳頭般凸出的蒂頭還具備適中的彈力與透水性，據說是大地之神提拉利亞為了嬰兒所創造出來的植物。但知道現實世界存在之後，羅妮耶就忍不住會覺得真的是這樣嗎——實際上不是提拉利亞神而是現實世界人所創的吧。專心望著咕嘟咕嘟喝著奶的莉潔妲時，謝達就抬起頭來這麼說：

「要餵餵看嗎？」

「可以嗎？」

「當然了。」

羅妮耶以左臂抱住遞過來的嬰兒。右手接過奶瓶並靠近嬰兒嘴邊。

莉潔妲那與母親相像的灰色眼睛一瞬間看了羅妮耶一眼，隨即重新開始喝起奶來。在中央聖堂時也像這樣餵過幾次貝爾切喝奶，不過可能莉潔妲是女孩子吧，抱起來的感覺相當不同。

「雖然想用純母乳來養大她，但拳鬥士團似乎有祕傳的調配奶。」

或許是聽見謝達說的話了，在小桌子另一邊與桐人互相報告近況的伊斯卡斯隨即看著這邊說：

「沒錯，喝了它就不會感冒，骨頭也會變硬，將會成為一個強壯的孩子。」

即使在人界，泛用神聖語——亦即像「curtain」或「table」等一般人民也廣為使用的神聖語——的「milk」，指的也是在用體溫溫熱牛乳或羊乳並且加入幾種藥效成分的嬰兒專用代用乳。添加的成分會由各家庭與地域代代流傳下來，從這方面來看確實可以說是「祕傳的調配」。正如謝達所說的，經常能聽見人家說母乳是最營養的食品，而且實際上也可能真是如此，但沒有菲寶果實的奶瓶與調配奶的話，繁忙的農家與商家要養育小孩就會比現在辛苦好幾倍。

不論如何，莉潔妲本人似乎對拳鬥士團祕傳的調配奶沒有任何不滿，瞬間就把它全部喝光並打了個小小的嗝。由於莉潔妲還是一臉睡意濃厚的模樣，謝達就從羅妮耶那裡把她接過來，讓她到床上睡覺。

馬上回來的謝達，坐到椅子上的瞬間，就從母親變成騎士的臉龐開口說：

「那麼，到底發生什麼事了？」

點完頭的桐人，隨即開始說起兩天前南聖托利亞所發生的殺人事件。

伊斯卡恩與謝達靜靜地聽著，當提及被當成犯人的是山岳哥布林族的歐羅伊那個瞬間，兩個人就一起稍微屏住呼吸。但還是沒有開口，一直聽到桐人與羅妮耶以「機龍」飛離人界，昨天晚上抵達黑曜岩城為止。

「……原來如此……那真的給你們添了很大的麻煩……」

聽見總司令官的慰勞，代表劍士就輕輕搖搖頭。

「沒有啦，我們這邊才應該先派遣傳令過來才對……只不過等消息傳到這裡再等待你們回答，就已經到下個月了。」

現在聖托利亞與黑曜岩城之間的聯絡，是經由十個城鎮與碉堡的騎馬傳令。一趟得花上長達兩個星期的時間。而且還有傳令遭到棲息在暗黑界的多種大型魔獸襲擊的危險。

「說得也是……如果能找到那個母骷髏就好了……」

伊斯卡恩交雜著嘆息這麼說道，桐人也以陰鬱的表情點頭，於是羅妮耶便眨著眼睛開口詢問：

「那個，母骷顱……是什麼東西？」

「噢，我也是戰爭之後才知道。異界戰爭的時候，皇帝貝庫達使用一種神器來對伊斯卡恩等十侯下達命令。整套神器有一個母骷顱頭與十個子骷顱頭，只要對母骷顱說話，聲音就能一瞬間傳達到遠方的子骷顱處。」

　桐人的說明讓羅妮耶忍不住瞪大眼睛。

「一……一瞬間……？有那種東西的話，就不需要信件與快馬了吧。」

「的確不需要啦……嗯，不過只能從母骷顱對子骷顱單方通話，所以只有一套的話根本無法對話。」

「不過，戰爭之後母骷顱與幾個子骷顱就失蹤了，現在再說這些也於事無補。」

　唉一聲嘆了口氣之後，伊斯卡恩又用力搖搖頭。

「目前的問題是在人界犯下的殺人罪。不可能發生這種事情才對……到人界去觀光的傢伙，都帶著暗黑界五族會議，以及我這個暗黑界軍總司令官簽名的，嚴禁強盜、打架與殺人的書面文件。我每一張都親自簽名……只要『力量鐵則』還存在，暗黑界能無視這個命令的就只有一個人而已。」

　當羅妮耶想著「那個人當然就是伊斯卡恩自己」的瞬間，謝達就插嘴說：

「兩個人。」

「…………只有兩個人而已。」

　看見繃著臉做出訂正的伊斯卡恩，桐人的嘴角就露出淺笑，不過立刻就又恢復成嚴肅的表情說道：

「嗯，我也這麼認為。實際上，歐羅伊用來殺害人界人清潔員的短劍就從武器庫裡消失了。那恐怕是由鋼素所生成的『暫時性武器』……注意到這一點的不是我而是羅妮耶就是了。」

「哦，你那邊也培養了不少優秀的弟子嘛。」

「也……也不算是弟子啦……」

當桐人歪起頭時，羅妮耶也差點就要思考起現在的自己算是桐人的什麼，但最後還是緊急切換思緒，舉起手來發言道：

「那個，我在那之後也稍微想了一下……殺人用的凶器可以說是真實地重現了山岳哥布林族的短劍，逼真的程度甚至足以讓歐羅伊先生一瞬間看錯。所以我們便推測事件會不會跟暗黑術師有關……但是……」

羅妮耶暫時閉上嘴，依序看著謝達與伊斯卡恩後才鼓起勇氣提出問題。

「……在這之前，想先問一下暗黑術師公會目前情況如何……？」

夫婦稍微交換了一下視線，伊斯卡恩才在乾咳一聲後回答：

「這件事情，我本來打算在接下來的會議上報告……很丟臉的是，連我們都無法把握術師公會的現況。」

「這是怎麼回事……？」

桐人皺起眉頭。

「上一任總長蒂伊・艾・耶爾被綠色劍士砍死，之後由名為凱伊・由・維伊的女術師繼承。但是就算由我這個暗黑術的外行人來看，那傢伙也是魄力不足。」

謝達也同意伊斯卡恩的話。

「我的術力都高於她喔。」

「然後，我暗中調查之後，發現蒂伊還在世時，凱伊在公會內的排名不過是第十名。也就是說，在她之上的傢伙全都失蹤了。」

「……暗黑術師們在『東大門』之戰裡戰死了將近兩千人吧？不會是參加了那邊的部隊吧？」

伊斯卡恩繃著臉否定了桐人提出的看法。

「我不這麼認為……那些傢伙對於活下來的執念媲美魔獸。就拿蒂伊來說好了，如果她不和綠色劍士戰鬥，現在應該還活著。那群傢伙沒有居上位的十個人全部戰死的偉大情操。」

伊斯卡恩把視線移回羅妮耶身上，為說明做出總結。

「……所以呢，現在加入五族會議的暗黑術師公會，說不定只是個空殼。真正有實力的術師有可能躲在某個巢穴當中。那些傢伙可能與人界所發生的事件有關……但是——妳是叫羅妮耶吧？妳應該不這麼想吧？」

「是的。那個，雖然沒有完全加以否定的根據……但我覺得很奇怪。如果黑幕是躲藏起來的暗黑術師公會，其實就不用特別以鋼素製造暫時性武器，因為她們有機會能獲得真正的哥布林族短劍……」

「……確實是這樣。對於哥布林來說，刻有氏族紋章的短劍也算是重要物品，但終究是鑄造的量產品。看是要偷盜還是收購，應該馬上就能弄到一兩把才對。」

伊斯卡恩這麼呢喃完，桐人也點頭表示同意。

「如果真正犯人的目的，是要把罪行推到歐羅伊身上藉此來提高人界與暗黑界的對立，那準備真正的短劍應該更有效果……——沒辦法做到這一點，就表示真正的犯人可能是人界內部的某個人嘍……？」

「如果是這樣，就會誕生更大的謎團。」

謝達瞇起細長的眼睛指出問題點。

「人界人受到比暗黑界人更加嚴格的法律束縛。殺人明顯違反了禁忌目錄。也就是說，殺了清潔員的如果是人界人，就表示那個傢伙就能夠無視禁忌目錄。」

羅妮耶與桐人同時默默點頭。

事件發生之後，在與法那提歐等人商量時也曾經指出過這一點。就連不受禁忌目錄束縛的整合騎士，都不能在獨斷下奪走清潔員椏贊這種無罪市民的所有天命。

關於這個部分我們也還想不透，桐人把這句話混在嘆息當中緩緩搖了搖頭。伊斯卡恩也默默點頭，好一陣子露出沉思的表情，最後則像是要轉換現場的氣氛般以粗獷的雙手用力一拍。

「——好吧，總之了解目前的狀況了。我必須遺憾地說，我們這邊先暫停前往人界的觀光事業好像比較好……」

「嗯……目前雖然阻止情報在聖托利亞擴散出去，但如果出現第二、第三起事件，就連統一會議也無法抑制。我打算暫時先關閉東大門，然後盡快讓停留在聖托利亞的觀光客回國。」

像是打從心底感到遺憾般這麼說完，桐人就用更加沉重的口氣繼續表示：

「……還有，關於目前請他暫時居住在中央聖堂的山岳哥布林歐羅伊……只有他沒辦法馬上回國。因為他說不定還知道些什麼，而且或許有什麼讓他遭到陷害的理由存在——歐羅伊是鋸齒丘的烏波利一族。很抱歉……」

「嗯，我會派使者到烏波利那裡去說明狀況。」

點完頭後，伊斯卡恩的獨眼就瞄了一下窗外，然後再次看向桐人。

「——我們到人界去的觀光客這樣處置就沒問題了，但從人界來的商隊該怎麼辦？我記得還有一隊停留在黑曜岩城喲。」

「嗯……怎麼辦才好呢……」

桐人雙手抱胸同時發出沉吟。

交流事業除了接受從暗黑界訪問人界的觀光客之外，也開始從人界派遣商隊來到暗黑界。目前仍只有實驗的規模，處於以幾台馬車的交易品來試探買賣市場的階段，暗黑界除了照明用的發光石之外還有許多人界十分罕見的珍品，所以聞到廣大商機的大商人們似乎都申請了派遣商隊的許可。

「……如果事件的黑幕是組織性的勢力，這座黑曜岩城裡也有他們的同黨的話，就可能發生清潔員事件的相反版本……也就是人界的商人殺害暗黑界居民的事件。但是，商隊都有人界軍經驗老道的衛士與神聖術師護衛，而且也有禁止商人隨便在外行走的規則，我想……應該不會那麼容易出事。」

謝達也點頭同意桐人的看法。

「我也認為沒有必要立刻連貿易事業都中止。商隊會運來許多人界貴重的藥品與媒體，所以比想像中受歡迎……為了慎重起見，我會派自己的弟子跟著停留在黑曜岩城的商隊。」

「弟……弟子……？謝達小姐是單身赴任……不對，應該說是獨自來到這裡的吧……？」

桐人淺黑色的臉上浮現驚訝的表情，而伊斯卡斯則是用交雜著憂慮與驕傲的臉龐回答：

「關於這件事嘛，謝達她現在不但是全權大使，還兼任暗黑騎士團的客座師父呢。」

「什……什麼叫客座師父……？」

「謝達去視察騎士團的時候，年輕的隊長找她比試，她就用借來的劍……而且還不是真劍，是只用劍鞘就痛扁了對方一頓。現在她甚至在騎士團的總本部擁有自己的道場喲。」

「雖然弟子只有不到十個人，但每個都很有天分。」

「是……是這樣啊……」

當桐人露出無話可說的表情時，謝達就一臉認真地加了這麼一句：

「也希望你務必到道場來幫忙訓練我的徒弟們。」

「不……不行啦，我根本沒有好好修練過傳統流派的劍術……」

桐人連同椅子一起慢慢往後退，伊斯卡恩則是伸出手來緊抓住他的肩膀。

「那真是太好了，騎士團之後也到拳鬥士團的修練場來吧。還有很多傢伙懷疑你的實力，趁這個機會把『力量鐵則』轟到他們腦袋裡。」

「不……不用了啦，我是想成為文官的人！」

……唉，這是絕對無法逃走的情境。

看著慌張的桐人，羅妮耶內心有了這種深刻的體會。

桐人與羅妮耶借了謝達與伊斯卡恩專用的浴室，洗去長途旅行的風塵與臉上塗料後，就被帶到同一層樓的客房裡。這時已通知過城內所有人，突然前來訪問的兩人是人界的緊急大使。

由於沒有透露桐人正是人界代表劍士本人，所以負責帶路的衛兵原本以有些懷疑的眼神看著做輕裝打扮而一點都不像使者的他們，但看見掛在兩人腰上的劍後就改變了態度。看來黑暗界神器級的武器果然比人界還要稀少。

在相鄰的兩間客房裡稍做休息，正午開始與伊斯卡恩、謝達夫妻共進午餐。下午以大型馬車送兩個人到城市中心部的暗黑騎士團本部與拳鬥士團修練場，桐人差點真的要被迫跟擔任團長助理的獨臂巨漢拳鬥士比試，但拚命以「必須保持低調！」做擋箭牌，才在千鈞一髮之際逃過一劫。

之後雖然又視察了中央市場與大鬥技場，但當然不能把時間全用在遊山玩水上。桐人與伊斯卡恩一有時間就討論這次的事件與交流事業，身為護衛的羅妮耶也持續警戒著周圍。只不過，上位整合騎士「無聲」的謝達也跟他們同行，所以就算發生什麼事情，應該也沒有羅妮耶出場的機會就是了——

想到這裡，才終於注意到一件事。謝達她乘坐宵呼緊急降落時，以及在視察這個市街區時，腰間都沒有配劍。

在回歸城堡的馬車當中，坐在長椅子上的羅妮耶稍微把身體移向謝達對她搭話：

「那個，謝達大人。妳都不帶劍嗎……？」

結果騎士一瞬間像是很懷念般瞇起雙眼然後點了點頭。

「嗯，對我來說『黑百合之劍』就是最初與最後的愛劍。」

「…………」

羅妮耶還無法推量出整合騎士失去心靈相通的神器代表什麼意義。當羅妮耶說不出話來時，謝達就用指尖輕觸她的手露出淡淡的微笑。

「現在的我不是『無聲』而是『無劍』的騎士。能夠變成這樣，我覺得很高興……偶爾會因為想起黑百合而感到寂寞就是了。」

「是……這樣啊……」

——這個人已經位於自己無法想像的高度了。

當她再次深刻體認到見習騎士的自己與上位整合騎士在境界上有多大的差距時，謝達就說出超乎意料的問題。

「妳剛拿到那把劍嗎？」

「是……是的，正是如此。還沒決定劍名呢。」

羅妮耶點點頭，靜靜撫摸著白銀劍鍔。

「這樣啊，目前和妳的聯繫還相當稀薄，不過它是一把很好的劍。要好好珍惜它……雖然戰爭結束了，但騎士終其一生都在戰鬥。」

「——是！」

羅妮耶以清晰的聲音這麼回答，結果坐在前面的桐人與伊斯卡恩就嚇了一跳回過頭來。

最後馬車以穿越市街區，渡過大橋、通過城門這樣的正規路線回到黑曜岩城裡。

高五百梅爾，雖然不及中央聖堂也還是有五十層樓的黑曜岩城，裡面不具備中央聖堂那樣的自動升降盤。也就是說，想到上層就只能一直爬樓梯，據說這也是對抗賊人的手段。

四個人沒有休息就一口氣爬上伊斯卡恩夫婦所居住的四十九樓。夫婦和桐人都是臉不紅氣不喘，羅妮耶到達之後則是有些呼吸急促，連在這種地方都能發現自己的修行仍然不足。

羅妮耶深呼吸來調整氣息，之後向等待自己的三個人道謝，接著注意到大樓梯還繼續往上延伸。

「那個……謝達大人，這上面有什麼呢？」

結果是由總司令官代替全權大使來回答這個問題。

「位於五十樓的是皇座的房間。我也只進去過一兩次而已。」

「哦……皇座也就是皇帝的座位嘍？」

這次換成桐人這麼詢問，伊斯卡恩則繃起臉點了點頭。

「是啊，一年又幾個月前皇帝貝庫達就是降臨到這上面的樓層。」

「可……可以上去參觀一下嗎……？」

面對興致勃勃的桐人，伊斯卡恩只能輕輕攤開雙手。

「當然沒問題……雖然很想這麼說，但五十樓的房門自從貝庫達死亡，也就是被你殺死的瞬間就被『封印之鎖鍊』給封閉了，那個東西根本切不斷。傳說從五十樓可以看見盡頭山脈與東大門，我也想再進去看看啊……」

聽見拳鬥士的抱怨，過去被人譽為「沒有她砍不斷的東西」的整合騎士也點點頭。

「我也借了寶物庫的劍嘗試過了，鐵鍊確實砍不斷。如果是黑百合之劍，應該一劍就能砍斷了。」

「……這樣啊…………」

從桐人的聲音裡感受到強烈「想以夜空之劍挑戰看看！」的想法，羅妮耶立刻快速拉了兩下他右邊的袖子。桐人似乎也感覺到羅妮耶「絕對不行！」的思考，只能以遺憾的眼神看了一下樓梯上方，然後就點頭表示知道了。

「這樣啊，那只能放棄參觀了。」

「雖然不能到上面去，不過晚餐我已經準備了各種珍奇的食物，你就好好期待吧。」

「那的確很令人期待。」

或許是認為對話已經結束了吧，謝達直接後退一步。

「我去餵莉潔妲喝奶。晚餐時再見了。」

「哎呀，那我也要去。因為我今天還沒看過她呢。」

揮手目送瞬間變成父母親臉龐的兩個人離開，桐人又再次抬頭看了通往最上層的階梯。羅妮耶默默搖了搖頭，他才苦笑著表示：

「我知道啦……好了，我們也回房間去吧。」

8

晚宴的席間，雖然只有伊斯卡恩、謝達、桐人、羅妮耶與莉潔妲等五個人參加，但氣氛相當溫暖熱鬧，簡直就像在北聖托利亞的老家吃晚餐那麼令人高興。

面對伊斯卡恩有一半是在惡作劇心作祟的情況下端上來的「七色蜥蜴串燒」、「酥炸火花菇」等各種奇怪珍味，桐人則以匹夫之勇加以挑戰並不斷發出怪聲，結果每次都惹得莉潔妲呵呵大笑。看見掌上明珠如此高興，謝達與伊斯卡恩也露出幸福的微笑。

在重新感覺小嬰兒以及家人真是太棒了的情況下結束晚餐，羅妮耶洗完今天的第二次澡後就回到配給的客房裡。

跟中央聖堂的大浴場比起來，這裡的浴室當然小了許多，但只要想到這裡幾乎是高五百梅爾的巨城最頂端，就會覺得一整天都能有新鮮的熱水簡直就是奇蹟。看起來不像中央聖堂那樣利用了神聖術，到底是如何把如此大量的熱水運到上面來，羅妮耶雖然感到不可思議，不過似乎是過去只是普通岩山時山頂附近就有溫水湧出，被加工為城堡之後也把這條水脈用在調理、浴室以及暖氣上。

跟昨天晚上的便宜旅館比起來房間可以說相當溫暖，床鋪也十分柔軟，換上對方準備好的睡衣後，羅妮耶就在聽見九點的鐘聲前就想睡了。明天一早就要踏上返回人界的歸途，所以還是早點休息比較好，但不知為何就是捨不得一天就這麼結束，結果便躺在床上凝視著北側的牆壁。

現在牆壁另一側的桐人應該也準備睡覺了吧。還是已經睡著了呢？從央都出發之後，已經有四十個小時以上一直待在一起了，感覺好像還沒有說到任何重要的事情。

當然最重要的還是護衛的任務，自己絕對不是為了聊天才提出同行的要求——即使如此，羅妮耶還是拚命壓抑下從床上起身，靜靜敲響隔壁房門的衝動。

桐人已經有亞絲娜這個心儀的對象。亞絲娜與桐人一樣是現實世界的人，而且像史提西亞神一樣美，對待每個人都是那麼地溫柔，但只要一拔劍就又比任何人都強。異界戰爭的時候，羅妮耶只能夠躲在馬車裡面發抖，身負重傷而渾身是血的亞絲娜還是捨命保護桐人到最後。自己怎麼可能有資格跟這樣的人爭搶呢？

這份心意絕對不能說出口。

連頭都鑽到高級毛毯底下的羅妮耶用力閉上眼睛。不過睡意一旦退去，就很難再回來了。

即使如此，可能還是因為長途旅行的疲勞吧，忘了熄滅礦石燈就直接睡著的羅妮耶，在聽見細微的叫聲後醒了過來。

窗外仍是一片黑暗。依體感來看應該是深夜兩三點吧。依然躺在床上的她豎起耳朵，然後覺得是在作夢而再次閉上眼睛。就在這個時候，這次確實從門後面傳來迫切的聲音。接著是複數慌張的腳步聲。

羅妮耶在穿著睡衣的情況下起床，把耳朵貼在門上。當應該屬於衛兵的腳步聲往樓梯的方向遠去之後就悄悄打開門，剛好隔壁的桐人也在這個時候探出臉來。

少女小跑步靠近睡眼惺忪的代表劍士。

「學長……這是什麼騷動？」

「誰知道……衛兵好像都跑到樓下去了……」

眨了幾次眼睛後才終於完全醒過來的桐人，把罩在身上的外套披到羅妮耶肩上說：

「我們也過去看看吧。」

「咦……咦咦？真的沒關係嗎？」

「說不定可以幫上忙。」

肩膀被輕拍後，羅妮耶也只能點頭同意了。

「但是，看起來像會礙事的話就要馬上回來喔！」

羅妮耶急忙從桐人立刻跑起來的背後這麼搭話，從後面追了上去。

跑下階梯，來到四十八樓的同時，喊叫聲就變得比剛才更加清晰。

「退下！」的聲音無疑是來自於伊斯卡恩。兩人互相點點頭，從寬敞的走廊往南方跑去。

在盡頭處右轉後，就看見前方有大大的兩片門板。那應該是很重要的設施吧，加了銀飾的黑曜石大門整個敞開，可以聽見裡面不停傳出衛兵們充滿恐懼與厭惡的叫聲。

桐人與羅妮耶一口氣跑過二十梅爾左右的走廊，直接衝進房裡。

下一刻，左右兩邊立刻有無數的光芒閃爍，讓他們一瞬間感到目眩。站在通道前方的十幾名衛兵，手中所持的礦石燈所發出的光芒，在充滿寬敞房間的無數武器、防具、寶石與擺飾等物品上形成反射。這裡絕對就是黑曜岩城的武器庫，不對，應該說是寶物庫了。

「該死的怪物……！」

衛兵們的前方再次傳來伊斯卡恩的聲音。原本停下腳步的桐人，輕輕飛越拔劍的衛兵形成的人牆消失在另一側。羅妮耶在沒辦法的情況下，只能維持睡衣罩著外套的打扮短短助跑後朝著地板踢去。

桐人與亞絲娜所習得的艾恩葛朗特流劍術，除了連續劍技這樣的特徵之外也重視疾馳與跳躍，所以羅妮耶也每天進行這方面的修練。託平時所下工夫的福，這時總算成功飛越一整群衛兵，雖然從背後傳來了男人們的驚叫聲，但她根本沒辦法意識到這件事。

穿著睡衣的伊斯卡恩與謝達就並肩站在數梅爾前方，而他們面前則有兩個黑色的物體存在。

只能用怪物來形容那兩個物體了。整體的外型與亞人類似，但脖子與手臂卻特別長，像是某種魚類的頭部前端，往內長了無數利牙的圓形嘴巴正急促地收縮著。前端變細的頭部兩側各自排著四顆眼睛，背上長有薄薄皮膜形成的翅膀，長尾巴則從腰間軟軟地垂下。

「那是……米尼翁！」

桐人一這麼大叫，謝達與伊斯卡恩就朝這邊看過來。

「抱歉，把你吵醒了嗎？不過，我們內部的紛爭可不能波及客人！那種怪物，看我一拳幹掉牠！」

伊斯卡恩握住的拳頭開始出現火焰般光芒。但並肩站在一起的謝達迅速伸出右手制止了丈夫。

「米尼翁的血有毒。不能用肉體攻擊。」

「但是……」

伊斯卡恩發出沉吟時，兩隻米尼翁就像理解兩人對話的內容般，從嘴裡「噗咻、噗咻」地吐出空氣。

雖然這是第一次直接見到實物，但羅妮耶也算具備米尼翁的相關知識。那是黑暗領域的暗黑術師所操縱的人造生物，敵方在異界戰爭剛開始時的「大門之戰」中投入了大量米尼翁，但全被騎士長貝爾庫利的神器「時穿劍」使出武裝完全支配術殲滅了。由於人界軍完全沒有受到傷害，所以只覺得牠們像是較龐大的蝙蝠，實物卻遠比蝙蝠恐怖多了。身高將近兩梅爾的怪物，長長的手臂前端發出烏光的鉤爪就像小刀一樣又長又利。

而且牠們對各種屬性的術式與突刺、打擊都有很強的抵抗力，最為有效的似乎是利刃所發出的斬擊，但伊斯卡恩就不用說了，連謝達都沒有攜帶長劍。早知道這樣就從房間裡帶劍過來了，感到懊悔的羅妮耶這時也是手無寸鐵。

「總司令閣下，請交給我們吧！」

後方的一名衛兵這麼大叫，但伊斯卡斯卻頑固地不肯退下。

相對的米尼翁似乎也接到某種命令，只是發出咻咻的威嚇聲而沒有發動攻擊的模樣。怪物左右兩邊倒了幾個架子，寶石與裝飾品散落了一地，看來也不是要搶奪這些寶物。

說起來這兩隻怪物是如何在不被許多衛兵察覺的情況下入侵這接近最上層的寶物庫呢……想到這裡，羅妮耶才終於發現某件事。因為牠們背上有巨大的翅膀，根本不用老老實實地爬樓梯。牠們是趁著夜色飛到此地，然後從窗戶入侵。定眼凝神一看之下，發現米尼翁後方遠處的窗戶已經連整個金屬框都被破壞掉了。

能夠辦到這一點，就表示……就表示——

當羅妮耶腦袋中心爆出宛若強烈火花般的思考時，旁邊的桐人也猛然吸了一口氣。

「兩個人都躲開！」

在大叫的同時就伸出右手。攤開的手掌周圍開始出現藍白色耀眼光點——一口氣就生成了三十個左右的凍素。

看見這一幕的謝達與伊斯卡恩立刻往後飛退。桐人馬上發射凍素，然後在兩隻米尼翁周圍全部加以解放。一般來說，單純解放凍素的話其威力將往廣範圍擴散，但現在凍氣就像被高等術式控制住一樣只纏繞在米尼翁身邊，讓牠們的黑色巨軀凍成雪白。

「嘰沙啊啊啊！」

米尼翁擺動長長的脖子大叫了起來，但隨即連前端的嘴巴都結凍，完全停止了動作。威力雖然驚人，但是由黏土製成的米尼翁對與火焰與凍氣有很強的抵抗力。即使暫時凍結了牠們，天命應該也不會受到太嚴重的損害——

但桐人當然也考慮到這件事了。依然伸出右手的他迅速做出指示：

「兩位快趁現在！」

「好耶！」

伊斯卡恩放聲大叫並朝地板踢去，謝達也跟在他後面。

「嗚啦啊啊！」

伊斯卡恩隨著喊叫揮出的拳頭，打穿右側米尼翁的胴體。下一刻，謝達的手刀垂直劃過左側的米尼翁。

隔了幾秒鐘，右邊的米尼翁變成無數碎片爆炸開來，左側的米尼翁斷成兩半往左右兩邊滾落。由於兩隻都還處於完全凍結狀態，所以有毒的血液一滴都沒有流出來。

背後的眾衛兵發出歡呼聲，轉過頭來的伊斯卡恩露出難以置信又感嘆般的笑容表示：

「看來你這傢伙比傳聞中還要亂來啊，桐人。我聽說再怎麼高等的術師，一隻手最多也只能產生五個素因……」

「閒話之後再說吧，伊斯卡恩！」

桐人打斷對方對自己的稱讚，這時他的聲音帶著比剛才指示夫妻時更加強烈的緊張感。

「米尼翁沒有搶奪這裡的寶物也沒有攻擊我們。施放牠們的術者，目的一定是佯攻與拖時間！」

聽見他這麼說的瞬間，羅妮耶剛才腦袋裡的靈光就變成具體的擔心，而謝達的臉也同時變得鐵青。

「不會吧……」

剛以細微的聲音呢喃完，她就猛然跑了起來。像風一般穿過羅妮耶、桐人以及衛兵們之間，直接衝出寶物庫。

「我們也趕過去！」

桐人大叫著，然後拉著伊斯卡恩身上類似人界東帝國的睡衣開始往前跑。

「你……你說什麼，佯攻……？」

拳鬥士光著腳踩過光亮的黑曜石地板發出狐疑聲，桐人則是用沙啞的口氣這麼告訴他。

「我想術者的真正目的，應該是比寶物更重要的東西。」

「更重要……」

伊斯卡恩重複了一遍，接著獨眼就瞪大到像是要彈出來一般。羅妮耶感覺能聽見他赤金色頭髮整個倒豎的聲音。

「莉潔妲。」

低聲呢喃完掌上明珠的名字之後，拳鬥士的雙腳就帶著淡紅色光芒。

「喀！」一聲被踩踏的地板，隨即出現蜘蛛網般的裂痕。這脫離常軌的加速立刻拉開與兩個人之間的距離，晚了先出發的謝達幾秒鐘抵達樓梯後，立刻一次跳過四五階樓梯往上猛衝。桐人則以滑行般的腳步緊跟在他身後。

羅妮耶也一邊抵抗著快讓全身麻痺的戰慄一邊拚命往前跑。爬完階梯衝進四十九樓的走廊時，已經看不見三個人的身影，只能聽見腳步聲。

繼續追著他們往前跑，經過一開始被帶過去的小孩房前面，前往盡頭應該是夫妻寢室的房間。

一衛進打開的門內，鼻子就聞到異樣的臭味。

只有一盞小型礦石燈作為光源的寬敞房間顯得有些陰暗，但還是能清楚地看見粉碎的大窗戶，以及窗戶前方擴散開來的血漬，還有倒在該處的兩名衛兵。

兩名衛兵就浸泡在應該是屬於米尼翁的腥臭血漬當中。兩人雖然還有呼吸，但是很痛苦地喘息著，不知道是因為受傷還是中毒的緣故。房裡除了衛兵之外就只有伊斯卡恩的身影。

「古德、凱伊霍爾，發生什麼事了！」

其中一名衛兵伸手阻止了邊叫邊靠過去的伊斯卡恩。

「司令官閣下，不能碰到這東西……」

另一名衛兵因為比疼痛更加嚴重的懊悔而扭曲著臉孔，這麼報告著。

「兩位到樓下去不久，就傳出窗戶破掉的聲音……進到裡面一看，就發現黑色的怪物……雖然好不容易將其擊退，但房裡不知道什麼時候出現了暗黑術師，就是那個傢伙對我和古德施加了暈眩之術……」

第二名衛兵說到這裡就開始不停喘氣，而第一名衛兵就接著繼續說明。

「我們被怪物的毒血潑中而無法動彈。術師就從床上抱起莉潔妲大人，乘著怪物飛往窗外……我就只看到這裡……」

「……………這樣啊……」

點著頭的伊斯卡恩用力咬緊牙根。

往房間的右側一看，可以發現牆邊有應該是夫妻使用的雙人床，而其深處還放置了一張給小孩子用的嬰兒床。莉潔妲一定是白天時在日照良好的嬰兒房度過，晚上則在這裡與雙親一起睡覺。

出生才三個月，那麼可愛的小嬰兒被擄走了。無法接受這過於恐怖的事實，羅妮耶只能呆立在該處，這時謝達與桐人從破窗外面的露臺進入房內。

「……沒有找到。暗素探索術也沒有反應。」

謝達小聲如此呢喃，桐人也輕輕搖了搖頭。

「我也沒有感應到……」

很懊悔般這麼說完，就把視線移向倒在地上的兩名衛兵身上。他抬起右手，跟在寶物庫裡一樣生成素因。但這次生成的不是凍素，而是發出白色光芒的光素。數量大概是十個左右，他又將這些素因分成一半，然後讓它們分別觸碰一名衛兵的身體。

溫暖的光輝包圍兩人，累積在地板上的黑色液體簡直像被這些光芒蒸發一樣消失了大部分。衛兵們以不可思議的表情撫摸自己的身體開始深呼吸，然後突然像彈起來一樣站起身子，對著謝達與伊斯卡恩深深低下頭。

「司令官閣下、全權大使閣下，沒能盡到自己的責任真的非常抱歉！」

「既然無論如何都應該守護的莉潔妲大人被奪走，我們也只能以性命來……」

伊斯卡恩同時用力抓住嘴裡這麼大叫的兩個人肩膀。

「就算這麼做莉潔妲也不會回來。更重要的是，為了奪回我的女兒，請你們助我一臂之力吧。」

即使內心千頭萬緒，拳鬥士依然以壓抑的聲音對兩人這麼說，同時也讓兩人抬起上半身。

「首先想問的是衝入這裡的暗黑術師外表是什麼樣子。看見那傢伙的臉了嗎？聽見聲音了嗎？」

「是的……」

首先回答的是名為古德的高挑衛兵。

「對方把漆黑的頭巾整個拉下來，所以看不見臉孔……聲音也聽不太出是男是女……」

「這樣啊……」

當伊斯卡恩咬緊嘴唇，桐人就接在後面開口表示：

「那個術師從窗戶逃走距離我們衝進房裡，大概多久的時間？」

這次是由較肥胖的凱伊霍爾來回答問題。

「三……不對，最多也只有兩分鐘左右……」

「兩分鐘……？」

露出疑惑表情的桐人，隨即朝著窗外的夜空看去。謝達也皺眉呢喃著：

「乘坐負傷的米尼翁，短短兩分鐘就能消失嗎……？」

根據從大圖書室司書的暗黑術講義裡所獲得的知識，米尼翁的飛行速度與人類奔跑時差不多。這裡是高五百梅爾的上空，不論朝哪個方向飛行都不可能在短短兩分鐘內完全消失，但對方是暗黑術師的話，也有可能是使用了隱身術之類的術式。不論如何，桐人與謝達都無法發現的話，羅妮耶就更不可能找得到了。

羅妮耶在無力感的襲擊之下橫越地板，朝嬰兒床靠近。

呈箱子狀的床鋪上當然是空無一人，只留下可愛的奶嘴、小熊與飛龍的布偶，這時她又被胸口遭到撕裂般的感覺襲擊。

當羅妮耶準備錯開視線的時候——

就注意到某種奇怪的東西掉落在飛龍布偶上方，於是就伸出手來。

那是捲起來以紅線綁住的羊皮紙。怎麼看都不像嬰兒的玩具。

「那個……床上……留了這個……」

伊斯卡恩以閃電般的速度把她遞出來的羊皮紙搶走。

以指尖輕鬆將看起來很強韌的繩子扯斷並攤開羊皮紙。伊斯卡恩瞪大了左眼，從喉嚨發出沙啞的聲音後，踩著踉蹌的腳步坐到了床上。

謝達從他手上取走羊皮紙。騎士臉上也出現驚愕的表情，在緊閉起嘴唇之後把羊皮紙遞給桐人。

羅妮耶站到接過紙的桐人身邊，一起看著上面黑色的文字。

「二之月二十一日日落之前，以暗殺暗黑界軍總司令官未遂的罪名在大鬥技場公開處刑人界統一會議的代表劍士，並且把他的首級送回人界。不照辦的話，黑曜岩城就會接到無罪嬰孩的頭顱。」

「……………怎麼……這樣。」

羅妮耶發出喘息聲不斷搖頭。二十一日也就是今天。距離處刑期限的日落，最多也只剩下十三、十四小時而已。

首先想到的是，伊斯卡恩與謝達不可能做出這種事。

但馬上又想到事關兩人心愛女兒的性命。對現在的兩人來說，還有比這更重要的東西嗎？

羅妮耶在下意識中移動左手來觸碰左腰。但是該處沒有長劍。和桐人一樣依然放在寢室裡面。

而且就算帶了劍……然後萬一伊斯卡恩他們也真的遵從綁匪的脅迫，自己真的能和他們戰鬥嗎？桐人和羅妮耶逃走的話，莉潔妲就會喪命。

自己絕對不願意捨棄那麼純潔的小嬰兒。但身為護衛的自己，也絕對不能讓桐人遭到處刑這種事情發生。

在未曾有過的糾葛籠罩下，羅妮耶只能呆立在現場。雖然想看拿著羊皮紙的桐人有什麼表情，脖子卻無法轉動。

「那個……閣下……」

和同僚一起站在牆壁邊的衛兵古德，這時發出有些顧忌的聲音。應該是對羊皮紙的內容感到在意吧，不過伊斯卡恩緩緩舉起右手來指著門的方向。

「古德、凱伊霍爾，你們守著走廊，別讓任何人進來。」

「是……」

結束暗黑界式的敬禮後，兩名衛兵就朝門口走去。但途中凱伊霍爾就停止步回過頭來說：

「那個，還有一件事情想報告……」

四個人迅速把視線移過去，這名矮胖的衛兵把原本就短的脖子縮得更短繼續說：

「其實不是什麼大不了的事……只是暗黑術師和怪物從窗戶出去之後，就聽到某種奇妙的聲音。」

「……什麼樣的聲音？」

聽見謝達的問題後，凱伊霍爾像在思索該如何回答般開合嘴巴好幾次才答道：

「怎麼說呢，就像石臼那樣的摩擦聲……」

「你說石臼……？」

即使對這座城堡相當熟悉的伊斯卡恩，似乎也搞不清楚聲音來自何處。凱伊霍克再次敬禮，然後和古德一起離開房間並把門關上。

充滿沉重沉默的寢室，最後響起了桐人的聲音。

「……抱歉，伊斯卡恩、謝達小姐。莉潔姐被擄走都是我的錯……」

「……你在說什麼啊，這不是你的責任。」

目前應該處於坐立難安心境的伊斯卡恩，維持癱坐在床上的姿勢否定了桐人的話。

「有錯的應該是疏於莉潔的護衛，又完全被佯攻給騙了的我。不過……這樣聽起來或許有點像藉口，但暗黑術師的米尼翁應該無法飛到這種高度才對。能夠飛到這裡的就只有暗黑騎士團的龍騎士，但那群傢伙除了後面的起降台之外就禁止接近其他地方。所以就一直認為不可能會有從窗戶入侵的賊人……」

在膝蓋上緊握的雙手開始發出骨頭摩擦聲。走向丈夫的謝達，靜靜地把自己的手放在他的手上。

「但說起來，招致這種事態的還是我。」

右手依然拿著威脅信的桐人再次這麼說。

「羅妮耶已經注意到人界發生的殺人事件，有可能是要引我到黑曜岩城的陷阱。但我卻判斷只要在一天內移動到黑曜岩城，應該就能趕上任何陰謀。現在看來，擄走莉潔妲的傢伙是技高一籌……那些傢伙在人界和暗黑界都有同黨，而且擁有比機龍更快速的聯絡方法。」

「機……機龍？使用那個的話，一天就能從聖托利亞來到黑曜岩城嗎？」

桐人點頭肯定了謝達的問題。

「嗯……之後會好好展示給妳看。但現在還是莉潔妲的事情要緊……」

桐人看向羊皮紙，以更加低沉的聲音繼續說：

「……這些傢伙的目的，恐怕是要人界與暗黑界再次對立。無視要求的話，一定會實行威脅吧。我接下來會盡全力奪回莉潔妲……但是，如果找不到的時候，就把我……」

「別說了！」

伊斯卡恩猛然打斷桐人應該是要說出「就把我處刑吧」的發言。

桐人和亞絲娜以前曾經向羅妮耶說明過，兩個人從現實世界移動到地底世界的構造。

兩個人是躺在現實世界裡名為「ＳＴＬ」的神器裡，只有靈魂來到地底世界。因此就算在地底世界天命全損，兩人也不會死亡。靈魂將回到現實世界，然後在那邊醒過來。

現在桐人應該就是想著這件事吧。只不過，一旦回歸現實世界，大概就再也無法回到地底世界來了——兩個人都是這麼說的。這對羅妮耶來說就跟桐人死亡了沒有兩樣。當然，對於與桐人相遇，共度時光的所有人來說也是一樣。人界……不對，應該說地底世界仍然需要他。

雖然無法將暴風般捲動的思考與感情化諸言語，但羅妮耶往桐人靠近一步後，就緊抓住他黑色上衣的衣角。

看見她這個動作的謝達，嘴角微微露出了笑容。謝達像是要讓羅妮耶放心般對她點點頭，然後以壓抑的聲音說道：

「我先到北街區的暗黑術師公會本部去聽他們怎麼說。雖然闖進這個房間的無疑是不屬於現今公會的流浪術師，但改造過米尼翁的話或許可以從這條線索找到人。」

「知道了……那我也一起去。只有謝達一個人的話，那些術師可能會含糊其辭。」

伊斯卡恩迅速站起來，從床鋪的頂蓋拿起銀環戴到額頭上。謝達同時脫下睡衣開始換裝，而羅妮耶則急忙把視線錯開。

至於桐人則是再次把視線移到破裂的窗戶外面。他輕咬嘴唇，似乎在思考著什麼，等夫妻換完裝的同時他便轉過頭來說：

「擄走莉潔姐的術師與米尼翁，有沒有可能從其他樓層再次回到城裡面？」

繃著臉的伊斯卡恩發出低聲沉吟。

「唔唔……這個時間，窗戶應該全部鎖上了，如果從外面破窗闖入的話，各層樓的衛兵應該會發現才對。但是……如果城內有奸細的話，也有可能會從裡面打開窗戶。」

點頭的謝達，又以俐落的口氣補充道：

「我讓所有衛兵把城內全部搜索一遍。」

「我和羅妮耶可以幫忙搜索嗎？」

伊斯卡恩毫不猶豫地答應了桐人的請求。

「拜託了，米尼翁出現的話就需要你的力量。這個你拿去。」

打開床鋪天蓋的小抽屜，由裡面取出一個銀色首飾來輕輕丟過去。桐人單手接下後，伊斯卡恩就以右手拇指指著自己額頭的銀環。

「這東西是軍總司令的證明。那個則是代理的證明。拿出這個報上我的名字，大部分的無理要求都能通過。」

「知道了，謝謝你。」

桐人用附在紋章銀板上的鍊子把它掛到脖子上後，伊斯卡恩就大步走過來用力握住劍士的肩膀。

「————拜託你了。」

說完這短短一句話，就和謝達一起快步走出房間。房門打開又關上後，凌晨四點的鐘聲就像在等候這一刻般靜靜響起。

9

桐人與羅妮耶各自回房脫下睡衣換上通常裝備，掛上劍後首先從四十九樓開始搜索。

但也不是打開所有房門來進行搜索。心念力強大到從河岸另一邊就能探尋到謝達所在地的桐人，即使透過門板或者牆壁也能感覺到人或怪物的存在，所以只要在每個樓層的中心部集中精神一陣子就可以了。

每當被衛兵質問時，就讓他們看胸前的紋章板，然後一層一層往下跑，持續搜索了兩個小時。

終於來到黑曜岩城最下層的地下三樓，抵達大儲藏庫的桐人，在十字路口中央暫時閉上眼睛——然後緩緩搖了搖頭。

「不行……也不在這裡。」

他深深嘆了口氣，把背部靠在黑色岩壁上。儲藏庫裡完全沒有其他人，靜到極點的通道上只有礦石燈的光芒微微晃動。

羅妮耶畏畏縮縮地對露出沉思表情的桐人問道：

「那果然不在城裡……已經逃到外面去了嗎？」

「嗯……但這樣的話——就表示受傷的米尼翁在短短兩分鐘內飛了三基洛爾以上的距離……」

「三……三基洛爾……？學長的感應力可以到達那麼遠的地方嗎……？」

「也要看對象，不過周圍沒有任何物體的天空，對象又像米尼翁那麼龐大的話，那樣的距離應該沒問題。以分速一・五基洛爾來計算，時速就是九十基洛爾……我不認為存在能夠以如此猛烈速度飛行的米尼翁。」

「幾乎跟飛龍一樣了……果然是暗黑騎士團的龍騎士提供了助力嗎……？」

羅妮耶一悄悄這麼詢問，桐人就再次搖了搖頭。

「對象是飛龍的話，就算離十基洛爾我也感應得到。如果是機龍也就算了，沒有兩分鐘就能飛這麼遠的飛龍……」

桐人說到這裡就停了下來，呢喃了一句「不會吧」，但立刻又加以否定。

「不可能……使用機龍的話會有震耳欲聾的聲響。絕對不會只有『石臼的聲音』……說起來——石臼一般的聲音到底是什麼呢？」

聽見問題後羅妮耶就拚命思考了起來，但還是沒有任何答案。

相對地腦袋裡則浮現出莉潔妲在手臂當中專心喝奶時的溫度，以及在用餐時傳出的笑聲。

當羅妮耶按住胸口時，桐人低吟道：

「莉潔姐是連結兩個世界的希望。絕對不能讓那個孩子被殺害……」

羅妮耶從這道帶著深沉憂慮的聲音深處感覺到某種決心，於是便屏住了呼吸。

靠在岩壁上低下頭的桐人，臉龐因為陰影而看不清楚。但羅妮耶忘我地走過去後，立刻緊緊抓住桐人的雙肩。

「……不行喔，學長。桐人學長絕對不能犧牲自己的性命。」

沉默了一陣子後，桐人才回答了一句：

「之前也說過了，即使在這個世界死亡，我也不會真的死去。那麼犧牲的就不應該是莉潔姐，就由……」

羅妮耶以近似悲鳴的聲音打斷了「就由我來犧牲」這幾個字。

「不行！這種道理跟我無關……我絕對、絕對無法接受再也無法見到學長這個事實！」

羅妮耶用力把臉貼在桐人胸口。雖然銀製紋章板陷入額頭，但那樣的痛楚跟撕裂心扉的疼痛感比起來根本不算什麼。

「我一輩子都是學長的隨侍練士。我決定要一直跟在學長身邊服侍學長了。除此之外就沒有任何願望……如果學長要犧牲自己的話，我也要跟你一起。我也要一起接受處刑！」

羅妮耶也知道這是把自己當成人質般的發言，但這同時也是她不折不扣的真心話。

「……羅妮耶……」

以充滿苦惱又低沉、沙啞的聲音叫完對方的名字，桐人就舉起雙手來放到羅妮耶肩上。

只要桐人有那個意思，不論是兩天還是三天——等到一切結束前都可以完全拘束羅妮耶或者讓她昏倒。但那麼做根本沒有意義。等她醒過來時桐人已經遭到處刑的話，她立刻就會追隨桐人的腳步離開人世吧。

但桐人讓右手移到羅妮耶頭上後，就靜靜摸了她的頭髮並呢喃：

「……謝謝妳，羅妮耶。我不會放棄。絕對會救出莉潔妲給妳看……然後和羅妮耶一起回中央聖堂。因為那裡是我們的家……」

聽到這席話的瞬間，眼淚就從羅妮耶雙眼溢出。雖然快要發出哭聲，但還是拚命忍耐下來點了點頭。

「…………好的……好的……」

好不容易擠出這些字，羅妮耶就更用力靠在桐人身體上。桐人也一直撫摸著羅妮耶的頭部，直到她冷靜下來為止。

十分鐘後，兩人一邊聽著早晨六點的鐘聲一邊來到一樓的大廳，剛好謝達與伊斯卡恩夫妻也從暗黑術師公會回來了。

桐人他們立刻與兩人會合並且聽取結果，但很可惜的是沒有得到什麼與綁架犯直接有關的線索。

「術師公會本部也沒有掌握在異界戰爭中失蹤的術師身在何方，看起來也沒有從事米尼翁的改造。我是以總司令官的身分質問她們，那群術師不可能說謊。」

謝達也以陰鬱的表情點頭同意伊斯卡恩的發言，開口補充道：

「不過還是有一件怪事……據說一個月前左右，公會管理的黏土採集地，有大量袋裝的最高品質黏土消失了。」

「這裡的大量……具體來說有多少？」

桐人一這麼問，伊斯卡恩就以苦澀的表情回答：

「說剛好是三隻米尼翁左右的量。那些傢伙在內部處理這件事情，沒有報告給五族會議知道……嗯，其實就算是先聽到這件事，也沒辦法預測到今天的襲擊啦……」

「一個月前啊……果然和人界的事件有關聯嗎……」

這次換成伊斯卡恩詢問如此呢喃著的桐人。

「雖然已經接到衛兵的報告了……不過還是問一下你們這邊如何？」

「沒有成果……從最上層到最下層的儲藏庫等所有樓層都搜索過了，還是沒能發現米尼翁與莉潔妲。就算有伊斯卡恩你們不知道的隱藏房間也不影響這個結果……只要不是藏在完全切斷空間連續性的地點，就無法迴避我的感應。」

「你這麼說的話，那應該就沒什麼好懷疑的了……也就是說，已經逃到遠處的某個地方了嗎……」

伊斯卡恩用力搔著戴了銀環的頭。謝達輕按住那隻手，然後用自己的雙手將其包裹起來。

安靜無聲的大廳裡，只聽見城堡正面大門關上時的沉重聲響。

不只是大門本體，連鉸鏈都全是從黑曜岩削出來，大重量的礦物之間發出的摩擦聲相當獨特。感覺不久前好像在某處聽過這簡直就像遠雷的轟聲，於是羅妮耶就開始探索記憶。

那是……對了，在中央聖堂舉行機龍一號機試飛的時候。亞絲娜為了幫助快要撞上聖堂頂端的機龍而發揮神力，把聖堂的九十五樓從上面橫移開來。巨大大埋石之間的摩擦就是那樣的聲音。

岩石與岩石……摩擦的聲音。簡直就像石臼一樣。

「……那個！謝達大人……」

羅妮耶跑到上位整合騎士正面，渾然忘我地問道：

「謝達大人與伊斯卡恩大人的寢室附近，有跟那扇大門一樣的巨大黑曜石門嗎？」

「黑曜石門……？沒有——附近的門全都是木製，外窗的窗框是鐵製。」

「那麼岩石與岩石摩擦的機關呢……？」

聽見她這麼問，桐人也開口表示：

「是衛兵們所說的石臼的聲音嗎……！如果城堡的外壁有這種暗門的話，確實會發出那種聲音……但是……」

「普通暗門的話，應該瞞不過桐人的鼻子……對吧？」

接續話題的伊斯卡恩雙手抱胸發出沉吟聲。

「……而且，從沒聽過我的寢室附近有那種東西。說起來，在外面的牆壁製作暗門，除了真正能在空中飛行的傢伙之外，就沒有人會使用了吧。」

「如果……不是暗門的話呢……？」

小聲這麼呢喃完，桐人就把視線移向大廳的天花板。

「伊斯卡恩，你說過現在的最上層，也就是四十九樓上面還有真正的最上層對吧。」

總司令官與全權大使同時吸了一大口氣。

「你……你是指五十樓嗎……？但……但那裡確實遭到封印，衛兵也確認過鐵鍊沒有被砍斷了。」

「如果從外面呢？五十樓一個窗戶都沒有嗎？」

「…………不對……………等等……確實是……」

伊斯卡恩僵硬地橫向移動脖子。

「……貝庫達降臨，當時的暗黑界十侯被聚集起來時，皇座的房間裡確實有個巨大的窗戶。但是，現在……從外面看的話，四十九樓以上全是岩石，沒有任何窗戶……」

「大概是關起來了。」

桐人以確信的口氣如此宣告。

「貝庫達死亡，封印之鎖鍊復活時，外壁的岩石就移動把窗戶全部封鎖住。空間完全被切離了。衛兵們聽見的石臼聲，應該是那個岩石再次移動的聲音。」

「但是……但是呢……」

伊斯卡恩在赤銅色肌膚失去血色的情況下這麼呢喃著。

「能夠解開五十樓封印的，就只有皇帝貝庫達…………這麼說，擄走莉潔妲的就是……」

拳鬥士的頭領像是不敢說出接下來的話一般咬緊牙根。

謝達以毅然的發言撕裂充滿戰慄的沉默。

「我們到五十樓去看看吧。」

桐人立刻也點點頭。

「說得也是……調查那扇門的話，或許能有什麼線索。」

伊斯卡恩也像是要甩開恐懼一樣點了點頭。

四個人再次毫不休息就衝上城堡最上層。或許第二次已經抓到訣竅了吧，羅妮耶這次也臉不紅氣不喘地跟上眾人的腳步。

在四十九樓暫時停了下來，抬頭看著通往上方的階梯。不知道是不是城堡的溫水暖氣沒有到達該處，或者是因為其他理由，微暗的階梯上不斷有森森的寒氣流落，纏繞在羅妮耶腳上。

「……走吧。」

伊斯卡恩簡短宣布完就踏上了階梯。三人也跟在他後面。

爬完明明只有一層樓的高度，卻不知道為什麼感覺比一樓爬到四十九樓還漫長的樓梯後，就看見前方有一扇漆黑的雙開式大門。正如事前所聽見的，左右的門板都被粗十限以上的巨大鎖鏈給封住。拉緊的鎖鏈與門之間幾乎沒有縫隙。

緩慢走過大門前方短短走廊的伊斯卡恩，右手一碰到灰色鎖鏈，就發出「好冰」的呻吟並且縮手。但他還是再次伸出手來穩穩地握住鎖鏈。紮好馬步後，隨著喊叫聲用力拉扯，但鎖鏈只發出細微的金屬聲，根本連動都不動。

「……封印果然沒有解開……」

放開鎖鏈的右手觸碰黑色大門，接著又放上左手，然後把右耳貼上去。

「什麼都聽不見……但是——如果莉潔姐在城裡的話，只剩這裡有可能了……」

往後退了幾步的拳鬥士，緩緩沉下身體擺出了拳擊的姿勢。

緊握的右手上出現鮮紅的火焰。冷空氣不停震動，羅妮耶也在下意識中往後退了幾步。

想赤手空拳打壞封印的鎖鏈嗎……想到這裡時，桐人就來到前面。

完全沒有受到拳鬥士頭領強烈鬥氣影響的他走了過去，把手放在對方左肩。

「伊斯卡恩，讓我來吧。」

「不……交給我吧。」

「你的拳頭用來跟米尼翁與綁架犯戰鬥吧，而且我最擅長這種事了。」

桐人沉穩的發言，讓伊斯卡恩呼一聲吐出長長的一口氣，接著放下拳頭轉頭過來說道：

「真是的，你這傢伙還是這麼任性。好吧……交給你了。」

他隨即苦笑著退到妻子身邊。

取代伊斯卡恩站到鎖鏈前方的桐人，攤開右手觸碰發出微弱光芒的鎖鏈，然後慎重地撫摸。重複好幾次這樣的動作之後，才用食指數次畫過鎖鏈中央部分的一點。

「這裡……有一道肉眼不能見的淺淺傷痕。這是謝達小姐砍的嗎？」

聽見桐人沒有轉頭直接拋出的問題，上位整合騎士確實地點點頭。

「沒錯。之前就說過，黑百合之劍的話就能砍斷。」

「我想也是……我就利用這道傷痕吧。」

桐人點點頭，手從鎖鏈上移開並後退三步，然後終於握住左腰上的劍。

看見隨著「鏘」一聲清脆聲響拔出的劍，伊斯卡恩與謝達都發出細微的嘆息。

神器「夜空之劍」的劍身不是金屬，而是由略帶透明感的某種漆黑素材所構成。雖然類似形成黑曜岩城的黑曜石，但是讓人感覺像弄濕了一般的光滑以及無比沉重的素材，聽說是從聳立在諾蘭卡魯斯帝國北邊森林的巨大杉樹上取下的樹枝。目前就任中央聖堂工廠長的薩多雷老師，花了整整一年的時間與六塊磨刀石才磨成這把長劍，桐人靠著它與好幾名整合騎士戰鬥，打倒了元老長裘迪魯金與最高司祭亞多米尼史特蕾達，最後甚至砍死了暗黑界的皇帝貝庫達。它可以說是拯救了世界的傳說之劍。

但是不論劍的優先度有多高，光靠它的話還是無法砍斷封印之鎖鏈。

鎖鏈一定跟中央聖堂的外壁，以及把央都聖托利亞分成四等分的不朽之壁一樣，被賦予了「不可破壞屬性」。就連擁有神明般力量的亞絲娜，都只能移動中央聖堂的牆壁而無法將其破壞。

能夠斬斷鎖鏈的，不是劍士的技巧或者劍的優先度，就只有改寫「世界常理」的奇蹟之力——心念力了。

桐人繼續往後退了三步，接著把左手往前伸，握住夜空之劍的右手整個拉到肩膀後面。一前一後的雙腳穩穩踏緊地板，吸了一大口氣後憋在胸口。

桐人擺出傳統流派未曾見過的姿勢，接著身體就包裹在紅光當中。腳邊湧起近似龍捲風的氣體，羅妮耶雖然想把臉轉開，但還是拚命撐住了。

最後紅光聚集在右手的劍上，讓漆黑的劍身發出鮮紅光芒。這時產生寒風般的震動聲，而且音量逐漸增強，最後變成讓人想起飛龍吼叫般的金屬質巨響。空氣不停震動，甚至連黑曜石的地板與牆壁都微微晃動起來。

「太……太強大了……！」

伊斯卡恩發出呻吟。

「這就是……桐人的心念……」

連謝達都發出驚訝的聲音。

突然間，桐人只穿簡樸黑色褲子與上衣的身影——感覺就像是在狂亂光風中的幻影般搖晃並且產生變化。猛烈飄動的應該是黑色皮革長外套的下襬吧。右胸與雙肩上的鋼製防具發出微弱光芒。

「喔喔喔！」

桐人發出簡短的吼叫並朝著地面踢去。

右手上的劍乘著所有心念力一直線揮出。轟聲提升到極限，左右兩邊的牆壁上出現細微龜裂。

桐人距離鎖鏈大約有五梅爾。這明顯是在他的攻擊範圍之外。但是鮮紅光芒就像是劍本身伸長了一樣，化作一支長槍貫穿了封印之鎖鏈中央的一點。

聲音、光芒、旋風全都消失，桐人也回歸原本的模樣。

寂靜當中，封印之鎖鏈從正中央無聲裂成兩半接著軟弱地垂下來。沉重厚實的門像是在發抖般——或者可以說身為門的它像是重新活過來了一樣，一瞬間發出沉重的叫聲。

桐人膝蓋一軟跪到了地上，羅妮耶急忙跑到他身邊。

「學長！」

自己的手臂繞過桐人左臂下方來幫助他起身。謝達與伊斯卡恩也立刻跑了過來。

「喂，你不要緊吧，桐人！」

桐人舉起左手來回應伊斯卡恩的聲音並且回答：

「嗯……馬上就恢復了。倒是你們快點開門……系統，不對，世界的常理發現異變的話，鎖鏈會遭到修復。」

「嗯嗯。」

點頭的謝達靠近大門，雙手貼在刻有不祥雕刻的黑曜石石板上。大門傳出轟隆聲，然後微微往內側移動。

「……開了。」

桐人以沙啞的聲音指示著回過頭的謝達。

「你們兩個快點進去！綁架犯在裡面的話，應該注意到門打開了……我隨後就會立刻追上去！」

「嗯……嗯！」

點頭的伊斯卡恩，抬起右腿一腳把巨大的門踹開。門後方也是一條通道，但與羅妮耶等人所在之處不同的是，該處完全籠罩在異樣的黑暗當中，而且不斷流出令人凍僵的寒氣。

但莉潔妲的雙親毫不猶豫就衝進通道當中。兩人的背影消失在黑暗中幾秒之後，桐人就隨著喊叫聲站起身子並看向羅妮耶。

「我們也走吧。」

少女壓抑住擔心桐人的心情，點頭回答：

「……是的！」

在衝進去之前，原本認為應該聚集在樓下搜索當中的眾衛兵，但正如桐人所說的這是刻不容緩的狀況。而且如果敵人是高位的暗黑術師，劍士出身的衛兵對於術式的抵抗力原本就比較低，到場反而會有礙手礙腳的危險。

心想「至少要做到這一點」的羅妮耶，從腰間的隨身袋裡取出裝了靈藥的小瓶子，拔開木栓後遞給桐人。雖然因為又酸又苦的味道而繃起臉，但桐人還是把它一飲而盡，然後以稍微恢復血色的臉龐向羅妮耶說了聲「謝謝」，接著和她一起穿越大門，踏進黑暗的通道。

簡直就像穿越透明保護膜的感覺。溫水暖氣似乎完全沒有作用，全身因為足以呼出白色氣息的寒冷而僵硬，但下一刻傳出的細微聲音就讓羅妮耶忘記寒冷與恐懼。

那無疑是嬰兒的哭泣聲。

「…………！」

和桐人交換了一下視線後就開始跑了起來。

通道在前方轉往左邊。在該處轉彎之後，前方就看見第二道門。哭聲是從打開的門後面傳過來的。

忘我地衝進去後，裡面是一個巨大的空間。

地板上鋪著暗紅色絨毯。兩側則是有著醜陋怪物浮雕的圓柱。牆壁上掛有發出藍白光芒的礦石燈。正面出現兩層階梯，其中央放著一張奢豪的椅子。那絕對就是皇帝貝庫達降臨時的皇座了。

伊斯卡恩與謝達並肩站在廣場中央。廣場深處可以看見張開翅膀擋住他們去路的黑色怪物——米尼翁。

而皇座旁邊還有某個類似影子一般的身影。

即使罩著黑色兜帽斗篷，不過斗篷的下襬與袖子處卻像是煙霧一樣朦朧，讓人看不清楚模樣。身材雖然瘦削但相當高大。右手上拿著帶有刺眼紫光的短劍，短劍前端則是抵住抱在左臂裡的嬰兒。

臉哭到皺成一團的莉潔姐聲音相當微弱。她在這樣的寒氣當中待了超過兩個小時，應該已經減少許多天命了才對。雖然想立刻把她救出來，但這種狀況下絕對無法輕舉妄動。這時也能從謝達與伊斯卡恩的背部感受到他們的憤怒與焦躁。

此時感覺到——黑斗篷綁架犯從兜帽深處的黑暗當中將視線移往羅妮耶與桐人身上。下一刻，某種野獸或者鳥類硬是要說人話般的異樣聲音響起。

「……原來如此，斬斷封印之鎖鏈的是人界代表劍士閣下嗎？看來是位比傳聞中還要棘手的敵人啊……」

從聲音當中無法推量出這個人的年齡與人種。不過唯一可以感覺得到一件事。

「你這傢伙……是男的嗎！那就不是暗黑術師嘍？」

當伊斯卡恩這麼大叫，綁架犯就發出咻咻的奇妙笑聲。

「人界的神聖術師似乎也有男性喔。這樣的話，男人成為暗黑術師應該也不成問題吧？」

「……不對，我看過那種毒劍……你是暗殺者公會那邊的人吧！」

「很難說喲……這種劍誰都可以使用吧？也有可能是被你逐出團的拳鬥士啊……」

綁架犯再次像要嘲弄對方般笑了起來，接著忽然像變了個人一樣發出冰冷的聲音。

「閒話就說到這裡，既然這樣就只能放棄公開處刑，只拿走代表劍士的首級即可。全權大使，立刻用妳最擅長的手刀把代表劍士的頭砍下來。否則妳的女兒就會沒命。」

從黑斗篷伸出的灰色右手，把短劍靠向莉潔妲的臉。

伊斯卡恩與謝達的背部緊繃到像是能聽見骨頭摩擦聲。

這個瞬間——

「鏘！」一聲尖銳的聲音響起，毒劍的劍尖整個被彈開。莉潔妲全身包覆在白色光球當中。綁架犯懷裡的嬰兒差點脫手，但他立刻就重新抱住整個球體。

這當然不是莉潔妲自己做了什麼。羅妮耶身邊，桐人朝著皇座筆直伸出的右手也發出同樣的光芒。是他用心念障壁保護了嬰兒。

「謝達！伊斯卡恩！」

桐人以痛苦的聲音大叫。

「我沒辦法撐太久！快救莉潔妲……！」

「喔喔！」

對桐人這麼大叫的伊斯卡恩，全身綻放出熾熱火焰般的光芒。

同一時間，黑斗篷男則發出奇怪的言語。米尼翁對其發生反應而開始有所行動。

「噗咻咻！」

拳鬥士的吼叫掩蓋了怪物的咆哮聲。

「嗚啦啦啦啦啊————！」

伊斯卡恩猛然突進，以帶著火焰的拳頭擊打米尼翁的腹部。怪物的巨體彎曲，從腹部往四肢產生波動並且開始膨脹。

最後像是充滿液體的皮袋破裂一般，噴灑出大量漆黑血液爆炸了。交叉手臂的伊斯卡恩全身承受著含毒的血液。

下一刻，從伊斯卡恩後方竄出一條纖細的人影。避開毒血攻擊的謝達，用足以讓一身灰色變得模糊的速度往皇座猛衝……

「…………！」

左手手刀隨著無聲的吶喊一閃而過。

綁架犯握住紫色短劍的右臂從肩口被切斷後掉落在地板上。謝達為了切斷對方抓住莉潔妲的左臂而舉起右手。

——但是。

黑色兜帽當中的嘴巴附近閃爍某種細微的光芒。

飛針。

謝達雖然迅速舉起左手來擋住飛針，但纖細的身軀也因此而搖晃了一下。

黑斗篷男重新抱好被光球包圍的莉潔妲，像滑行一樣跑向皇座左側。但該處是一片黑色牆壁，根本沒有逃走的空間。

不對……

腦裡幾道思考爆開，當確切的想法成形時，羅妮耶就拔劍往前跑去。

遠方的綁架犯正拖著黑斗篷朝著牆壁突進，他胸口的一顆巨大寶石發出鮮紅光輝。

一部分牆壁也閃過同樣的光芒。設計成四角形的黑曜石牆壁，發出沉重岩石互相摩擦……宛如石臼的聲音並往上抬起。

抱著莉潔妲的綁架犯朝著不應該出現的窗戶跳去。

與綁架犯的距離有十梅爾以上。憑羅妮耶的腳力，這不是一次跳躍就能夠攻擊到的範圍。

但是，一定能擊中。自己能辦得到。

「呀啊啊啊啊啊————！」

羅妮耶從身體深處擠出所有聲音來大叫，接著朝地板踢去。

右手的劍往上舉起。一體化的手臂與劍來到極為嚴密的固定位置與角度時，劍身就綻放出炫目的藍色光芒。

羅妮耶的身體像被透明的手推動般猛然加速。在空中劃出藍白色軌跡，一瞬間衝過十梅爾的距離。

艾恩葛朗特流高速突進技「音速衝擊」。

這招桐人直接傳授，神聖語的意思是「音速之跳躍」的祕劍，把綁架犯的整條左臂砍飛了

出去。

下一刻，桐人的心念障壁消失，莉潔妲被拋到了空中。

失去雙臂的黑斗篷男，即使噴灑出大量鮮血依然沒有停下腳步，直接朝著窗戶跳去。

繼續使出劍技的話，或許就能砍倒綁架犯。但是羅妮耶選擇停止攻擊來接住莉潔妲。

綁架犯從頭部衝往窗外。就像融化在朝陽當中一樣，整個人消失不見。

同一時間，羅妮耶的左手緊抓住莉潔妲的身體，把她抱緊在胸前。羅妮耶蹲下來把劍放到地板上，為了溫暖發出微弱哭聲的嬰兒而用雙臂包裹住她。

「……小莉潔，妳一定很害怕吧。不要緊嘍……不要緊了……」

以臉頰摩擦著嬰兒拚命對著她這麼呢喃，結果哭聲開始慢慢止歇，小小的手摸上羅妮耶的臉頰。左側再次響起窗戶關閉的聲音。

在某個人觸碰羅妮耶的背部之前，她都一直拚命緊抱著嬰兒不放。

10

即使一百名衛兵花了半天的時間搜索，依然沒有發現綁架犯的屍體。

對方是在失去雙臂的狀態從將近五百梅爾的高空跳下，實在不認為還有存活的機會，但伊斯卡恩、謝達以及桐人似乎都不認為事件能就此結束。

城內的事後處理終於結束，時間已經來到下午四點，四個人再度聚集在窗戶已修理好的嬰兒房裡。

謝達懷中的莉潔妲似乎完全忘記綁架事件，元氣十足地喝著調配奶。經由城內的醫生，以及本身是高位術者的謝達親自仔細確認過是否有毒液與暗黑術的影響後，幸好沒有發現任何問題。

但是另一方面，眾人對於綁架犯可以說是一無所知。最大的謎團，亦即除了皇帝貝庫達之外應該就沒人能操控的五十樓窗戶究竟如何開啟也仍未明朗。

「……或許完全沒有關係……」

羅妮耶啜著人界所沒有的，散發出些許蘋果般香味的茶開口說道。

「但那男人打開窗戶的時候，掛在胸口的大寶石發出了紅色光芒。」

「紅色寶石……？」

桐人如此呢喃，謝達同時歪起脖子。兩人似乎都沒有什麼頭緒。

原本伊斯卡恩已經準備咬下切得比較大塊的樹果派，但聽見羅妮耶這麼說後就皺眉呢喃：

「發出紅光的寶石……嗎？羅妮耶小姐，妳還記得是什麼樣的色澤嗎？」

想著「這還是拳鬥士團長第一次叫自己名字」的羅妮耶開口回答：

「嗯，不是很明亮……讓人想起夕陽或者是血的暗紅色。」

「血紅…………等等——不會吧……」

「喂，伊斯卡恩。說句『不會吧』就想把事情帶過是犯規喔！」

桐人一這麼插嘴……

「什麼叫犯規啦……」

即使露出疑惑的表情，伊斯卡恩還是說明道：

「異界戰爭前降臨的皇帝貝庫達，皇冠上就鑲著一顆那樣的寶石。那傢伙身上也就只有那顆寶石，所以讓人印象深刻。」

「貝庫達的皇冠……？那難怪你會說『不會吧』。那個男人是在距離這裡幾千基洛爾的南方岩山，和騎士長貝爾庫利同歸於盡而死過一次。之後復活的時候，已經沒有戴那樣的皇冠了。所以一開始的裝備，應該全在岩山消滅了才對。」

「但是，沒有人親眼看見對吧？」

桐人也只能點頭說了句「是啊……」來回答伊斯卡恩的看法。

當時桐人處於完全封閉心靈的狀態。目擊騎士長貝爾庫利與皇帝貝庫達單挑的就只有整合騎士愛麗絲，但她目前已經不在地底世界。

愛麗絲以飛龍搬運貝爾庫利的遺體，在「世界盡頭的祭壇」附近由桐人接過後帶回人界。目前長眠在中央聖堂東南方一整片花園中央的墓碑底下。

「……他和貝爾庫利戰鬥的地點確實沒有經過搜索。事到如今，要特定出那個地點也很困難了……」

以嚴肅的表情這麼說完，桐人就把視線移向窗外。

「……但是，如果開關五十樓窗戶靠的是寶石的力量，那可能就如伊斯卡恩所說，寶石是貝庫達的所有物。不過就算這樣，究竟是什麼人用什麼方法加以回收……說起來，『那個男人究竟是誰』這個問題也還沒解決……──你在皇座房間提到的暗殺者公會是什麼樣的組織？」

面對回過頭來的桐人所提出的問題，伊斯卡恩一口氣把茶喝完後，才以帶著厭惡感的聲音回答：

「正如字面上的意思，是一群以暗殺為業的傢伙。他們每個人都會用毒……同樣是暗黑界十侯之一的頭目，名叫夫薩的傢伙被捲入暗黑將軍夏斯達背叛時的騷動而死。組織之後就完全弱化，現在甚至沒有參加五族會議。我幾乎忘了他們的存在……如果那穿黑斗篷的臭傢伙是暗殺者公會的人，懂得操縱米尼翁這一點又相當令人可疑……」

「和行蹤不明的暗黑術師一起詳細調查比較好。」

謝達的話讓伊斯卡恩深深點了點頭。

「嗯，我打算立刻和騎士團與商工公會商量。不能再讓黑曜岩城出現騷動了。」

桐人對如此宣言的伊斯卡恩探出身子。

「關於這件事，應該也要求暗黑術師公會提供助力吧？聽到蒂伊・艾・耶爾所幹的好事，就覺得暗黑術師遭到冷遇也是理所當然……不過還是盡量改善這種情況，讓她們也幫忙城堡的警備工作比較好。光靠衛兵的話，對於術式的防禦還是令人不安。」

「你這傢伙還是這麼口無遮攔。」

雖然露出苦笑，伊斯卡恩還是聳了聳肩回答：

「不過你說得沒錯。人族自己在黑曜岩城裡起爭執的話，根本就不可能解決與亞人族之間的問題……桐人——你能在這裡待到什麼時候？」

這次換成伊斯卡恩身體前傾，桐人則是拉回上半身。

「我……我當然也很想全力幫忙……但是，今天晚上就要先回人界去了。因為那邊的問題也還沒解決……」

「啊～嗯，也是啦……不過呢，還沒好好報答你幫忙救回莉潔妲，而且還有很多好吃的東西……」

看見像小孩子一樣噘起嘴唇的伊斯卡恩，桐人臉上就浮現某種懷念但又有些許哀悼的笑容。

「……你……你那是什麼表情啊？」

「沒有啦……伊斯卡恩的口氣有點像一個老朋友。哎呀，這有什麼關係呢，下個月不是又要舉行會談了嗎？那時候我會帶一大群人殺到你這裡來啦。」

「嗯，我會準備一堆讓昨天那些珍味相形失色的食物，你就做好覺悟吧……不過這次真的多虧了你。這個恩情我一輩子都不會忘記。」

伊斯卡恩站起身子並伸出右手，桐人也抬起腰部來緊握住他的手。看見這樣的兩個人，謝達懷中的莉潔妲也發出了高興的笑聲。

在分配到的房間裡休息了幾個小時，簡單用完餐的桐人與羅妮耶，在晚上八點時從黑曜岩城出發。

這次不需要在臉上塗軟膏，也不必使用心念力來飛行了。因為謝達用愛龍宵呼把他們送到隱藏機龍的所在地。

看見鋼鐵飛龍後，就連謝達也露出驚訝的表情，但她似乎馬上就理解機龍擁有的可能性。

「我很期待這樣的交通工具量產之後，能夠更加簡單地往來於人界與黑暗界的日子到來」，留下這句話之後謝達就回到赴任地兼自宅的黑曜石城堡，桐人與羅妮耶也乘上機龍朝著西方的天空飛去。

飛行一穩定下來，前座的桐人先是呼出一口長長的氣，然後開口表示：

「話說回來，從綁架犯那裡搶回莉潔妲的那招『音速衝擊』真是太漂亮了，羅妮耶。妳的劍術什麼時候變得那麼高超？」

「咦……沒……沒有啦，怎麼說呢，當時已經渾然忘我……」

羅妮耶的愛劍立於椅子與壁面的縫隙之間，這時她縮起脖子，靜靜摸著其白銀劍鍔。

「……那個時候，感覺是劍把力量借給我。平常的我，絕對無法跳過那樣的距離。」

「這樣啊……真是把好劍。」

「是啊。」

羅妮耶點完頭後也把身體靠在椅背上。

機龍靜靜地飛行著，從它的防風窗可以將暗黑界的夜空盡收眼底。跟人界比起來星星雖然比較少，但天空中的大大上弦月正發出微弱的白色光芒。

人界與暗黑界雖然距離遙遠，但不論是生活在哪個世界的居民，都是看著同一個月亮……

想到這裡的瞬間，跟在黑曜岩城外城鎮看見旅館看板時，以及聽見鐘聲旋律時所產生的同一種不可思議感覺再次襲來，而羅妮耶這次終於看清楚它的真面目了。

「那……那個，桐人學長……」

「嗯？什麼事？」

「那個……人界與暗黑界，為什麼會使用同樣的語言與文字呢？從地底世界誕生開始，兩個世界就幾乎沒有交流過，使用完全不同的語言也不是什麼不可思議的事吧……」

不知道是不是親眼看到遼闊的世界，竟然浮現這個至今為止從未想過的問題，而想知道理由的羅妮耶就對著桐人這麼提問。

在現實世界出生的劍士沉默了一會兒後才回答：

「這個嘛……製作這個世界的現實世界人，目的是要讓人界與暗黑界戰爭，所以兩個世界使用不同語言對他們來說反而比較方便。沒有辦法溝通的話，就無法進行和平交涉。但是他們……或者現實世界人以外的某種力量，卻刻意讓兩個世界的語言共同化。理由我也不清楚。不過，有可能是為了產生超越敵意與戰爭後的下一個世界也說不定………」

桐人的話對羅妮耶來說實在太困難了。但她沒有要求更進一步的說明，只是拚命地思考。

桐人說過，飄浮在夜空中的月亮，和這個大地一樣是個巨大的球體。還說就是因為這樣，受到索魯斯的光芒照射後才會出現圓缺。

如果月亮上也有居民，羅妮耶等人生活的大地在他們眼中應該也是發出白光的上弦月才對。月亮上的居民也跟我們說著同樣的語言嗎？也像這個世界的人類一樣，過著犯下許多過錯、因為戰爭而流血，但還是希望世界能更好的每一天嗎？

悄悄浮在夜空中的上弦月，看起來就像孕育許多生命的搖籃一樣，這時羅妮耶靜靜地將左手朝著月亮伸去。

接著把手再次移回愛劍的劍柄上，開口表示：

「那個，學長……」

「嗯……？」

「我決定這把劍要取什麼名字了。我要叫它月……『月影之劍』。」

「這樣啊。嗯，很棒的名字。它一定會保護羅妮耶。」

桐人的話讓羅妮耶露出微笑並且點頭回答「是的！」，接著又用指尖拭去不知道為什麼快滲出來的眼淚。

她想著「希望早點跟緹潔見面」。

好友正擺盪在對於亡故的尤吉歐上級修劍士的思慕，以及騎士連利的求婚之間，自己想對她訴說這次旅行所知道以及所想的事情。

或許是感覺到羅妮耶此時的思緒吧，桐人稍微提升了機龍的飛行速度。

在淡淡的月光之下，鋼鐵飛龍不斷地往西方飛去。

（完）

後記

謝謝大家閱讀這本《Sword Art Online刀劍神域》第19集〈Moon cradle〉。

本書在形式上是第18集完結的Alicization篇的後日談，但是「後日」這種表現多少有點語病，所以接下來請讓我做些說明（注意，以下將提及本書內容！）。

在第18集中途，地底世界就進入所謂的「界限加速階段」，裡面時間流動的速度大約是現實世界的五百萬倍。桐人與亞絲娜留在這樣的時間當中，在地底世界度過了兩百年的漫長歲月才登出，而這本〈Moon cradle〉就是兩百年中極為初期所發生的故事。也就是說，第19集的故事裡大概經過五天左右的時間，但現實世界只是經過其五百萬分之一，也就是〇．〇八秒左右。

雖然是這麼一瞬間的事情，但很抱歉的是還得延續一集！下一集的舞台會再次回到聖托利亞，桐人、羅妮耶與亞絲娜將與陰謀的黑幕展開對決。我也想盡快將故事呈現在大家眼前，不過還是得請大家稍待一會兒。

再對內容做一些補充。

本作當中，羅妮耶想像著自己與緹潔成為整合騎士時的編號，我想應該有讀者會出現「三十二號應該是尤吉歐吧？」的想法。實際上，他被亞多米尼史特蕾達封印記憶後確實自稱是「整合騎士尤吉歐‧辛賽西斯‧薩提滋」，但經過與桐人的戰鬥後取回記憶，接著立刻就在與亞多米尼史特蕾達的戰鬥當中喪生。在〈Moon cradle〉當中，知道整件事情經過的就只有桐人一個人，而他從未對人提起過尤吉歐成為整合騎士的事情。因此三十二號這個編號才沒有退休，有一天將會被緹潔繼承。

我想下一集的劇情應該還不會發展到那個地步，不過將來確實是想寫寫看羅妮耶與緹潔敘任為正騎士，以及兩人的戀情發展等故事。

本書發售後大約一週，也就是二〇一七年二月十八日時，電影版刀劍神域終於要上映了。電影是以和至今為止的ＶＲＭＭＯ完全不同的ＡＲ遊戲為舞台，裡面充滿令人歎為觀止的影像，請大家務必到電影院用大銀幕來欣賞！然後ａｂｅｃ老師和三木先生，這次也幾乎拖到最後一刻，真的給你們添了很大的麻煩！下一集也請大家多多指教了！

二〇一七年一月某日　川原 礫

©HITOMA IRUMA 2016

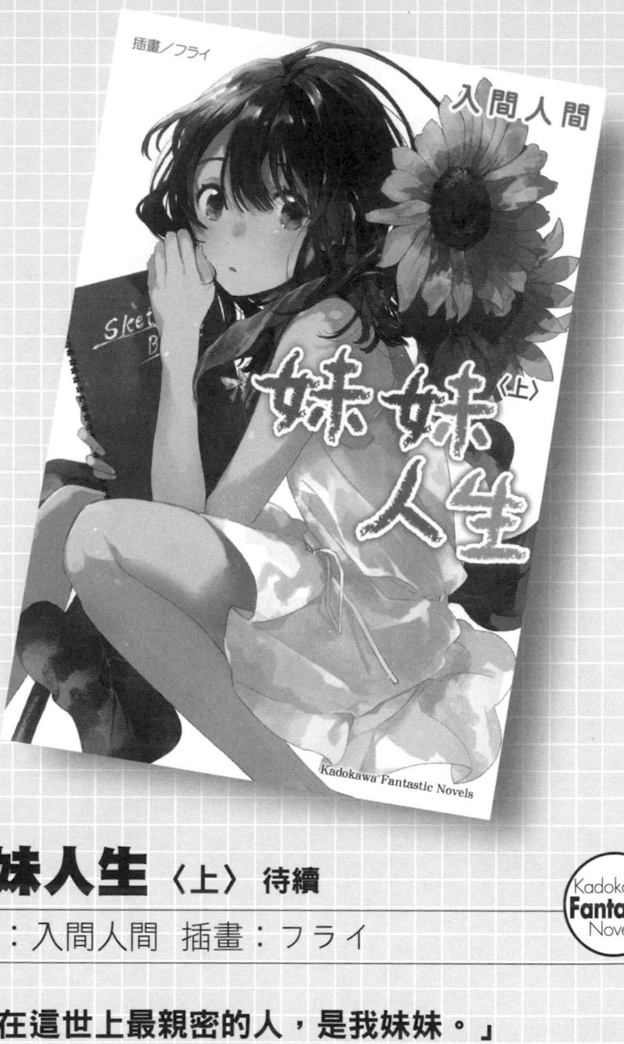

Kadokawa Light Novels

妹妹人生〈上〉 待續

作者：入間人間　插畫：フライ

Kadokawa Fantastic Novels

「我在這世上最親密的人，是我妹妹。」
入間人間筆下最纖細感人的兄妹愛情故事

對愛哭，沒有毅力，只會發呆，沒有朋友，讓人操心，無法放著不管的妹妹，哥哥以一生的時間守護她成長。描述從小朝夕相處的兄妹，成年後對彼此產生情愫，選擇共度人生。風格多變的鬼才作家入間人間，獻上略帶苦澀的兄妹愛情故事。

NT$200/HK$60

台灣角川

國家圖書館出版品預行編目(CIP)資料

Sword Art Online刀劍神域. 19, Moon cradle / 川原礫作 ; 周庭旭譯. -- 初版. -- 臺北市 : 臺灣角川, 2018.01
面 ; 公分
譯自 : ソードアート・オンライン. 19, ムーン・クレイドル
ISBN 978-957-564 006-4(平裝)

861.57 106021781

Kadokawa
Fantastic
Novels

Sword Art Online刀劍神域 19
Moon cradle

（原著名：ソードアート・オンライン19 ムーン・クレイドル）

2018年2月1日 初版第1刷發行
2024年7月3日 初版第7刷發行

作者：川原礫
插畫：abec
日版設計：BEE-PEE
譯者：周庭旭
發行人：台灣角川股份有限公司
總監：呂慧君
總編輯：蔡佩芬、朱哲成
主編：林秀儒
設計指導：陳晞叡
美術設計：李思穎
印務：李明修（主任）、張加恩（主任）、張凱棋、潘尚琪
發行所：台灣角川股份有限公司
地址：104台北市中山區松江路223號3樓
電話：(02) 2515-3000
傳真：(02) 2515-0033
網址：www.kadokawa.com.tw
劃撥帳戶：台灣角川股份有限公司
劃撥帳號：19487412
法律顧問：有澤法律事務所
製版：尚騰印刷事業有限公司
ISBN：978-986-564-006-4